日记背后的历史

大饥荒

爱尔兰女孩菲利斯的日记 |1845年—1848年|

〔英〕卡罗尔·德林克沃特 著 安琪 译

人民文学出版社

著作权合同登记号　图字 01－2016－7379

My Story：The Hunger
Text © Carol Drinkwater，2001
All rights reserved.

图书在版编目(CIP)数据

大饥荒：爱尔兰女孩菲利斯的日记/(英)卡罗尔·德林克沃特著；安琪译.—北京：人民文学出版社，2016(2020.5)

(日记背后的历史)
ISBN 978-7-02-012054-3

Ⅰ.①大…　Ⅱ.①卡…②安…　Ⅲ.①儿童小说-中篇小说-英国-现代　Ⅳ.①I561.84

中国版本图书馆 CIP 数据核字(2016)第 234810 号

责任编辑	甘　慧　王雪纯
装帧设计	李　佳
出版发行	人民文学出版社
社　　址	北京市朝内大街 166 号
邮政编码	100705
网　　址	http://www.rw-cn.com
印　　制	山东德州新华印务有限责任公司
经　　销	全国新华书店等
字　　数	89 千字
开　　本	890 毫米×1240 毫米　1/32
印　　张	6.25　插页　2
版　　次	2017 年 4 月北京第 1 版
印　　次	2020 年 5 月第 3 次印刷
书　　号	978-7-02-012054-3
定　　价	35.00 元

如有印装质量问题，请与本社图书销售中心调换。电话:010-65233595

序

老少咸宜，多多益善
——读《日记背后的历史》丛书有感

钱理群

这是一套"童书"；但在我的感觉里，这又不止是童书，因为我这七十多岁的老爷爷就读得津津有味，不亦乐乎。这两天我在读"丛书"中的两本《王室的逃亡》和《法老的探险家》时，就有一种既熟悉又陌生的奇异感觉。作品所写的法国大革命，是我在中学、大学读书时就知道的，埃及的法老也是早有耳闻；但这一次阅读却由抽象空洞的"知识"变成了似乎是亲历的具体"感受"：我仿佛和法国的外省女孩露易丝一起挤在巴黎小酒店里，听那些平日谁也不注意的老爹、小伙、姑娘慷慨激昂地议论国事，"眼里闪着奇怪的光芒"，举杯高喊："现在的国王不能再随心所欲地把人关进大牢里去了，这个时代结束了！"齐声狂歌："啊，一切都会好的，会好的，会好的……"我的心都要跳出来了！我又突然置身于3500年前的神奇的"彭特之地"，和出身平民的法老的伴侣、十岁男孩米内迈斯一块儿，突然遭遇珍禽怪兽，紧张得屏住了呼吸……这样的似真似假的生命体验实在太棒了！本来，自由穿越时间隧道，和远古、异域的人神交，这是人的天然本性，是不受年龄限制的；这套童书充分满足了人性的这一精神欲求，就做到了老少咸宜。在我看来，这就是其魅力所在。

而且它还提供了一种阅读方式：建议家长——爷爷、奶奶、爸爸、妈妈们，自己先读书，读出意思、味道，再和孩子一起阅读，交流。这样的两代人、三代人的"共读"，不仅是引导孩子读书的最佳途径，而且还营造了全家人围绕书进行心灵对话的最好环境和氛围。这样的共读，长期坚持下来，成为习惯，变成家庭生活方式，就自然形成了"精神家园"。这对孩子的健全成长，以至家长自身的精神健康，家庭的和睦，都是至关重要的。——这或许是出版这一套及其他类似的童书的更深层次的意义所在。

我也就由此想到了与童书的写作、翻译和出版相关的一些问题。

所谓"童书"，顾名思义，就是给儿童阅读的书。这里，就有两个问题：一是如何认识"儿童"，二是我们需要怎样的"童书"。

首先要自问：我们真的懂得儿童了吗？这是近一百年前"五四"那一代人鲁迅、周作人他们就提出过的问题。他们批评成年人不是把孩子看成是"缩小的成人"（鲁迅：《我们现在怎样做父亲》），就是视之为"小猫、小狗"，不承认"儿童在生理上心理上，虽然和大人有点不同，但他仍是完全的个人，有他自己的内外两面的生活。儿童期的十几年的生活，一面固然是成人生活的预备，但一面也自有独立的意义和价值"（周作人：《儿童的文学》）。

正因为不认识、不承认儿童作为"完全的个人"的生理、心理上的"独立性"，我们在儿童教育，包括童书的编写上，就经常犯两个错误：一是把成年人的思想、阅读习惯强加于儿童，完全不顾他们的精神需求与接受能力，进行成年人的说教；二是无视儿童精神需求的丰富性与向上性，低估儿童的智力水平，一味"装小"，卖弄"幼稚"。这样的或拔高，或矮化，都会倒了孩子阅读的胃口，这就是许多孩子不爱上学，不喜欢读所谓"童书"的重要原因：在孩子们看来，这都是"大人们的童书"，与他们无关，是自己不需要、无兴趣的。

那么，我们是不是又可以"一切以儿童的兴趣"为转移呢？这里，也有两个问题。一是把儿童的兴趣看得过分狭窄，在一些老师和童书的作者、出版者眼里，儿童就是喜欢童话，魔幻小说，把童书限制在几种文类、有数题材上，结果是作茧自缚。其二，我们不能把对儿童独立性的尊重简单地变成"儿童中心主义"，而忽视了成年人的"引导"作用，放弃"教育"的责任——当然，这样的教育和引导，又必须从儿童自身的特点出发，尊重与发挥儿童的自主性。就以这一套讲述历史文化的丛书《日记背后的历史》而言，尽管如前所说，它从根本上是符合人性本身的精神需求的，但这样的需求，在儿童那里，却未必是自发的兴趣，而必须有引导。历史教育应该是孩子们的素质教育不可缺失的部分，我们需要这样的让孩子走近历史、开阔视野的人文历史知识方面的读物。而这套书编写的最大特点，是通过一个个少年的日记让小读者亲历一个历史事件发生的前后，引导小读者进入历史名人的生活——如《王室的逃亡》里的法国大革命和路易十六国王、王后；《法老的探险家》里的彭特之地的探险和国王图特摩斯，连小主人翁米内迈斯也是实有的历史人物。每本书讲述的都是"日记背后的历史"，日记和故事是虚构的，但故事发生的历史背景和史实细节却是真实的，这样的文学与历史的结合，故事真实感与历史真实性的结合，是极有创造性的。它巧妙地将引导孩子进入历史的教育目的与孩子的兴趣、可接受性结合起来，儿童读者自会通过这样的讲述世界历史的文学故事，从小就获得一种历史感和世界视野，这就为孩子一生的成长奠定了一个坚实、阔大的基础，在全球化的时代，这是一个人的不可或缺的精神素质，其意义与影响是深远的。我们如果因为这样的教育似乎与应试无关，而加以忽略，那将是短见的。

　　这又涉及一个问题：我们需要怎样的童书？前不久读到儿童文学评论家刘绪源先生的一篇文章，他提出要将"商业童书"与"儿童文学中的顶尖艺术品"作一个区分（《中国童书真的"大胜"了吗？》，载2013年12月13日《文汇读书周报》），这是有道理的。或许还有一种"应试童书"。这里不准备对这三类童书作价值评价，但可以肯定的是，在中国当下社会与教育体制下，它们都有存在的必要，也就是说，如同整个社会文化应该是多元的，童书同样应该是多元的，以满足儿童与社会的多样需求。但我想要强调的是，鉴于许多人都把应试童书和商业童书看作是童书的全部，今天提出艺术品童书的意义，为其呼吁与鼓吹，是必要与及时的。这背后是有一个理念的：一切要着眼于孩子一生的长远、全面、健康的发展。

　　因此，我要说，《日记背后的历史》这样的历史文化丛书，多多益善！

2013年2月15—16日

1845年5月10日

啊，上帝，太棒了！这本书全是白页，等着我来书写。今天是我十四岁生日，大哥帕特里克把它送给了我。"写日记可以留住你的所思所想，菲利，"他说，"收藏你的秘密和梦想，用它们构筑一个新的世界，在那里，只要你乐意，便可以随时随地自由漫步。"

从哪儿开始呢？噢，我的名字！我该向自己介绍自己吗？好吧，还是介绍一下吧。一方面是出于礼貌，一方面也是给这本日记开个头。我叫菲利斯·麦考马克，而爱我的家人亲昵地称呼我为菲利。我住在爱尔兰南部的皇后村。我们是爱尔兰天主教徒，而我能读会写——

妈妈在叫我！菲利·麦考马克不能再写了。我这才意识到我对自己或是我的生活还一字未提呢。来了，妈妈！那就明天再开始写吧。

1845年5月11日

我又来啦！好喜欢这样！今天，我一直在帮着干杂活，但满脑子想的都是我要写日记！

我们的生活是这样的。家里有爸爸妈妈，大哥帕特，接着是我。然后按照年龄顺序，有十岁的休吉，八岁的格雷丝，四岁的米奇，最后是六个月大的宝宝艾琳。真是一场空间争夺大战。因为我们只有一间房，后面还有一间带屋顶的小屋，那是爸爸妈妈睡觉的地方。尽管如此，我们依然觉得感恩，因为我们有一张床，虽然没有床罩。我从来不曾拜访过那些拥有寝具的家庭。爱尔兰亚麻和诸如此类的高档物品由北部生产，然后经由船只被运往英格兰或法国。通常，它会被富有的地主购买。这里大多数家庭都睡在稻草上，可是，如我刚刚所说的，我们有一张床。

还有什么？噢，没错，我们拥有一头非常贪吃的猪和一头小猪。我们用粗糙的土豆喂养它们——这些土豆比我们自己吃的更凹凸不平一些。夏天，当猪变得又肥又壮的时候，爸爸就把它带去市场卖了。换来的钱用来支付我们的房租，再留下一些，确保需要的时候可以购买食物。比如说，到夏天，家里土豆库存不足，我们就没什么可吃的。我们差不多就靠种地为生。

我的父母耕种着十六英亩土地，全部是租来的。许多人靠着不到五英亩的土地维持生计，然而那些贫穷的家庭无论哪个季节总是饥肠辘辘的。

我们是附近少数几户养狗的人家之一。我们家这只狗叫笨笨，它毛发乌黑，瘦长，但结实，是一条名副其实的野狗。一年前我发现它在街上乱跑，当时它受了伤，饿得皮包骨头，于是我请求爸爸让我留下它。爸爸答应了，前提是我们的粮食一口也不能给它吃，而且假如又出现了糟糕的情况——也就是说要是再发生像1822年我还没出生时那样的饥荒——我就得把它放回街上，让它自生自灭。我同意了，但我永远不会这么做。除了在这个世界上我最爱的帕特，笨笨就是我的最爱了。

我们还有几只鸡,这又是一种奢侈品。因此,我们也不算特别穷。事实上,从门前的交叉路口向四个方向步行,所路过的大多数家庭都不如我家富裕。我们的小屋无法隔绝冷空气,但冬天我们会烧沼泽泥炭来保暖。虽然没有烟囱,屋里烟雾弥漫,但总的来说,我们麦考马克家仍然是一个幸福的大家庭。没有什么可抱怨的,除了我希望自己是个男孩!

1845年5月12日

为什么我能读会写,而其他许多人,包括爸爸妈妈在内都不会呢?好吧,1829年,丹尼尔·奥康奈尔——他是我们的民族英雄,稍后我会写更多关于他的事——为天主教徒赢回了平等的权利。因此现在,我们有上学的资格了。我在上学,帕特也上过学。

帕特说钢笔是世界上最纯粹的武器。爸爸说帕特是个梦想家,而梦永远不会成为现实。可我愿意跟随他去往世界的尽头。帕特的梦让世界变得明亮而闪耀。在学校,我学习英语和拼写,还有数学,可我并不擅长算数。有时候，如果我们幸运的话，还会学地理。那是我的最爱。我总是幻想着遥远的地方。我凝视着地图，想象自己在周游世界。我能在地图上指出法国、英格兰，还有美洲新大陆，它比前面两个地方加起来还大。有一天，我想乘着我曾在画里见过的大轮船去美洲。即使我从未见过大海，我也不会害怕。

地图上还有一个地方，同美洲一般大，却远得可怕。我们说到它的时候，总是与恐惧或悲伤联系在一起。那片大陆被称为澳洲，它的旁边有一片面积小一点的大陆，叫范迪门地区。我永远都不想去那些地方，因为有罪之人都被送上船只运到那里了。

1845年5月13日

啊，这可真是太完美了！拥有一本属于自己的日记本就像拥有一个永远不会将我的秘密泄露的挚友。我会有只要一想到便紧张得透不过气来的秘密吗？今天早上，帕特和我正在割草的时候，我问他，我应该用什么样的秘密填满这些白页。他仰头哈哈大笑，笑声响亮得简直要把他头顶的蓝天震裂。

"当你开始思考和感受到它们的时候，你就会知道的，菲利。相信我。"

"那在我想到之前，该如何写满这些空白页呢？"我问他。

"写你自己，写爱尔兰。你眼中的爱尔兰，你生活着的爱尔兰。透过你的心灵之窗诉说，菲利。"

"那就是家庭、学校和历史了，"我对帕特说，"这样我的日记会很无聊的，因为我不是Seanchaí！""Seanchaí"在爱尔兰语中代表说故事的人。

"谁知道呢，有一天，你或许会成为一个真正的说故事的人，小妹妹。我能想象你成为一个红头发、长着雀斑的Seanchaí，在新大陆旅行，述说着爱尔兰的传说。"

后来，我认真思考着帕特的话，记述爱尔兰，并带着我的故事环游世界，这似乎是个极其宏伟的构想。它会成为这世上最棒的梦想，可我却不知道如何才能做到。我，一个爱尔兰乡下姑娘，能有机会在海上航行，拜访美洲新大陆吗？不过，我现在就可以从周围看到的一切开始做起。我要写下让我快乐，让我悲伤或害怕的事。

1845年5月14日

我永远也不会把这事说出来，但我可以写下来。尽管比起笨笨我更喜欢帕特，可有时候他让我觉得害怕。他不断地跟爸爸吵架。他总是在谈论政治，而爸爸不喜欢政治。爸爸总说："政治很危险，会在夜深人静的时候导致黑暗的罪恶。"而在爱尔兰确实如此。

帕特常常参加"秘密组织"会议，这是非法的。像其他许多爱尔兰人一样，他希望看见英国殖民统治的终结。他从来没有说过，不过我想那些"组织"正密谋反对英国——

噢，上帝，是妈妈在叫我回屋帮忙给我最小的弟弟米奇，还有宝宝艾琳喂饭。在如此温暖的夜晚进屋实在太可惜了，可我必须去帮忙。如果可以的话，一会儿再写一点儿。如果不行，那就明天再写。

1845年5月15日

昨天我写到爸爸和帕特总是为了什么争执不休。在爱尔兰，人们把丹尼尔·奥康奈尔称为"解放者"，因为他为天主教徒赢回了平等的权利，也因为他反对英国人1800年制定的《联合法案》。这项法案废除了我们在都柏林的国会，把我们交给英国政府管辖。我们失去自己的政府已经四十五年了，许多人对英国的统治感到厌烦。他们正迅速对奥康奈尔失去信心。帕特就是其中之一。

1845年5月17日

昨天晚上，我请求帕特告诉我一些秘密组织的事，这样我可以把他们的活动写在这本日记里。

"别写他们，菲利，"他说，"写写勇敢的青年爱尔兰成员们。"

"那么就跟我说说青年爱尔兰成员吧？"我说，同时吃了一惊,因为我从没听帕特多谈起过他们。

"他们是一群受过教育的优秀年轻人,菲利。就是他们创立了《民族报》……别洗衣服了,菲利,那是小姑娘干的杂活。你过来,坐在我身边的草堤上,我会把关于他们的一切都告诉你。"他轻轻地拍了拍身边的泥地,而我欣然让涂过肥皂的衣服泡在水里,只想听他说故事。

1845年5月20日

已经有三个星期没下雨了。太棒了。

1845年5月25日

昨晚实在太热了,我无法入睡。天气真是古怪——这么多燥热的日子,一天又一天。比起寒冷,我更喜欢这样,可这天气让我懒洋洋的,完全没有心思写日记。夜晚,不用在家干活的时候,我就到田野漫步。有时候,我会牵着小米奇,抱着艾琳一起去。

我们在外面待一两个小时,好让妈妈休息一下。我们蹚过小河,将双脚浸在清澈、凉爽的河水中嬉戏,寻觅鱼儿的身影。有许多银色的小鱼儿在水中穿梭。

1845年6月3日

青草太干了,全都枯萎了,变成了稻草色。要是这股热浪持续下去,再也不会有人把爱尔兰叫作绿宝石岛了。

1845年6月17日

爸爸妈妈启程前往利默里克。那里有一个大型集市。他们一年去一次,为了卖猪。猪已经长得肥美无比,应该能卖个好价钱。土豆库存开始变少了,因此我们很高兴能换来现金,用这钱买来的物资能帮我们撑过夏天。他们要去几天,于是帕特和我带着四个弟弟妹妹下河里游泳了。

1845年6月21日

爸爸说，猪换了一大笔钱。爸爸妈妈回家了，真的太好了。现在我可以休息一下了。操持着家里的事情，还要照顾宝宝们，真是让人筋疲力尽。我一个字都没有时间写。等我长大了，我不要成家；我要坐着四轮马车走遍美洲，结识朋友，诉说故事。只有当我想家和孤单的时候，我才会生孩子！

1845年7月12日

妈妈派帕特和我带着一些卖猪赚来的现金，去罗斯克雷。她正给小艾琳缝制一件衬衣，现在需要线。她几个星期前就开始缝了，可是在卖掉猪有了些闲钱以前无法继续下去。我们得在阳光下走好长一段路，花一个小时，沿路经过了河流，然后走进了树荫中。我们抵达小镇时，一大群人正聚集在中央广场上。到处都是鼓声、标语和飘扬的旗帜，一派喧哗景象。

"你要不要看看!"帕特指着游行者们大喊。

"安静。"我用胳膊肘捅了他一下,说,我可不想让他加入游行的队伍。

"我们都是爱尔兰人,菲利。无论我们是天主教徒还是新教徒。他们难道不明白吗?"

在爱尔兰历史中,7月12日被称为"光荣的十二日",因为这一天是新教徒在博因河战役中战胜天主教徒的纪念日。看着他们挥舞旗帜、敲锣打鼓,帕特心烦意乱,因为他相信我们应该致力于创造一个团结的爱尔兰,一个由爱尔兰人统治的共和国,无论信仰何种宗教。

今天是罗斯克雷的赶集日。我上回参观集市已是好几年前的事了,可即便我们的口袋里有几便士可花,货摊上也没多少食物。这几个夏季月份被叫作"谷物月",因为唯一能买到可以吃的食物就是谷物,还十分稀有。价钱涨得很高。夏日总是很难挨,因为九月前新的土豆作物还不能收割,而其他就没什么可吃的了。

我们一直在小镇上,在集市转悠的时候能听见锣鼓的轰鸣声。当我们重新走上回家的路时，我的心情畅快了起来。

依然炎热无比。下午我们回来后又去游了泳，我还洗了些衣服。真是美好的一天——即便今天是"光荣的十二日"。

1845年7月13日

今天下午帕特抓了一条鲑鱼！一条大家伙！我们大大地庆祝了一番。我们在院子里生火烤鱼，吃得津津有味。

我坐在这里写日记时，窗外群星璀璨。年轻的邻居威廉和他的妻子玛琳刚好经过。威廉住在村庄的边缘，离我家有一英里半路。他会拉小提琴，现在正在演奏，我们的小乖乖们正随着音乐跳舞。我的小妹妹格雷丝，正像条蜈蚣似的扭来扭去。她多喜欢成为关注的焦点啊！噼啪作响的火焰，漫长的夜晚和欢乐的嬉戏让我满心欢喜。生活充满了恩典。

1845年7月14日

今晚我们又在院子里热闹了一回。这次没有鲑鱼,但有丰富的舞蹈和私酿的威士忌。今天是1789年法国大革命纪念日,对我们爱尔兰人来说是一个重要的日子,因为它激发了爱尔兰联合组织的诞生。这个组织的主要目标是将所有的爱尔兰人,无论是天主教徒还是新教徒团结起来,创造一个独立的爱尔兰共和国。

今天依然炎热无比。土豆成熟前,田地里没什么活干。挖几个洋葱。帮着妈妈带艾琳。懒散、快乐的日子。

我在日记本里写的东西不多,因为不知道还有什么可写的。我永远也成不了一个说故事的人!

1845年7月26日

妈妈生日。我们在院子里唱歌跳舞,直到已经过了睡觉时间。爸爸拉着妈妈的手,带着她翩翩起舞,妈妈容光焕发。两户邻居也加入了进来。他们住在榆树环路。连提摩西神父都突然出现在我们家，送上了祝福，并留下来喝了一小口私酿的威士忌（或许是三口！）。他是我们教区的牧师，平时喜欢喝一杯。私酿威士忌是自家酿的酒，有点像威士忌，是用粮食做的，烈性十足！我永远也不会喝，因为我连这玩意儿的气味都受不了！

1845年8月12日

今天下午变天了。好奇怪，因为之前已经连续干旱了好几个星期。电闪雷鸣之后下起了雨夹雪，接着是倾盆大雨。我站在门口，看向屋外。这或许是世界末日，我心想。

笨笨躲在床下。我开怀大笑，可妈妈却让我把这可怜的家伙赶出去。"去洗碗，然后帮忙做晚饭！"

即使耳边充斥着小家伙持续不断的尖叫声，我依然能听见它在门外呜呜哀鸣。可妈妈不会让我把它带进来的，因为它身上太湿了。真不公平。猪就总待在屋子里。不过仍然谢天谢地,猪已经卖了,房租也付清了。上帝啊,它真是又胖又丑!

1845年8月13日

帕特交了个新朋友内德。他今天到我家来了。我一点都不喜欢他。他长得黑不溜秋的,眼睛傻兮兮地瞪着,很少说话。至少没跟我们任何人说话。帕特让我对他友善点,因为他父母由于偷窃都被放逐到了澳洲。

1845年8月14日

下雨后天气凉爽多了。爸爸今晚说他希望气候的变化不会影响我们的土豆作物。他说他有种强烈的感觉,我们不会有好收成,这种想法真是荒唐。他总是忧心忡忡。每年临近收获期时,他都会发牢骚。

"为什么一点点雨就会影响收成?"我问,可他只是嘟哝着,埋头继续吃饭。帕特里克错过了晚饭。他本来会被胖揍一顿，可是他终于到家的时候，带来消息说在戈尔韦和梅奥，土豆作物"很肥沃"。我们大家一起欢呼歌唱，就连爸爸都展露笑颜。噢，我喜欢那个词，肥沃。它环绕着你，仿佛是来自天堂的承诺！

1845年8月20日

爸爸可以不用担心了。今天的《自由人日报》上登载着：

> 土豆作物一如最乐观的农夫所能预期的那样，长势喜人。

我原本打算弄清"乐观"一词的含义，可却没有机会，我在家里忙得不可开交。有时候，我真希望自己是最小的姑娘，而不是最大的那个。为什么当一个姑娘就意味着你得干家务，照看小宝宝？写日记的时间所剩无几。如果我是个男孩……

1845年8月21日

乐观。我问帕特这是什么意思。他说:"充满希望。"所以,就连最充满希望和期待的农民都没法指望获得比我们即将收获的土豆更好的庄稼了。还有什么消息会比这个更好?!

你瞧,我们靠土豆过活。它很容易烹煮,也很便宜。而猪、牛和家禽则储量稀少,我们几乎吃不到。除非你非常富有,不然土豆就是食物的主要来源。

今晚帕特的情绪十分古怪,吃完饭以后就直接出门了。

1845年8月24日

今晚内德又来了,这个星期他已经来了三次了。我听见他们在院子里窃窃私语。我敢肯定,他和帕特在打什么坏主意,可我不知道他们在干什么。但我依然因恐惧而战栗。我得装出一副忙着干家务的样子,这样内德才不会怀疑我在偷听。当我跟帕特在一起的时候，我看着他，发现我哥哥变了，这让我担心了起来。

我知道帕特热心于爱尔兰的自由，可父母并没有被英国人流放到世界的另一头，因此他没道理那么脾气火爆。为什么他要让自己卷入这些事端？即使我们没有政治独立，生活也不算太坏。

爸爸拒绝在家里谈论这个话题是对的。"我不欢迎任何小伙子在家里滔滔不绝地谈论非法的言辞。"吃晚饭的时候他瞪着内德说。

所有这些关于革命的言论正在帕特和爸爸之间制造一条裂缝，家里的气氛很糟糕。现在帕特已经开始在外过夜了。

1845年9月4日

我很担心。可我害怕写任何会让帕特陷入麻烦的东西。比如说，有一天，这本日记落入坏人手中？幸运的是，爸爸妈妈不识字，他们永远也不会通过我或我的文字获悉他的活动。倒不是说我知道他在干什么。

1845年9月6日

帕特没有回家。他不在的时候,我睡不着觉。真希望他从未遇见内德。

1845年9月10日

帕特到河边来找我,我正在洗全家的衣服。他满面愁容。

"怎么了?"我大声说,害怕他做了什么,被抓起来。

"有个关于庄稼的坏消息,菲利。"

"什么庄稼?你是说,我们的庄稼?"没有听见关于枪支和杀戮的消息,我几乎松了一口气。

"很难说。各地的报道都不太一样。为了我们所有人好,我希望这一带的庄稼会没事。"

"你听到了什么?"

"那些庄稼长得好的地方，一夜之间一整片土豆全都发黑腐烂了。"

"上帝啊，不会吧！"

"没人能解释原因。"

"你告诉爸爸了吗？"

"还没有。"

"好吧，我们很快就能知道我们的庄稼的情况。他明天就要从西边的田垄开始挖土豆了。答应我，你会在这儿帮忙，是吗，帕特？他正指望你呢。"

"我怎么会不在这儿？"帕特回答，仿佛他的缺席全是我凭空想象的。接着他开始谈论他跟一些革命友人的会见，心情又好了起来。我喜欢听他说国家时事，可他说的话却把我吓坏了。

而且我希望帕特说的关于土豆的消息不是真的。

1845年9月11日

地狱和诅咒！瞧瞧《自由人日报》今天都登了些什么！

土豆作物染病

我们不得不遗憾地声明,已经从多位消息灵通的通讯记者处获悉,爱尔兰土豆染上了"霍乱"。有一位当事人上周一把某一块田地上某一道田垄的土豆挖了出来——那是他见过的最好的土豆;而星期二继续挖的时候,他发现块茎全都枯萎了,既不适合给人吃,也不适合喂牲畜。

帕特说,上帝保佑爸爸妈妈不识字。可他们很快就会得知这个消息。我今天在交叉路口附近无意中遇见了提摩西神父。他正摇着头,一边疾步走着,一边像个疯子似的喃喃自语。"菲利,"他看见我的时候,大声招呼,"这些新闻你爸爸怎么说?今天上午我已经拜访了三户人家,他们都听说了土豆的事,有几户离那些发现自家庄稼枯萎的人家并不远。"

"我们刚开始挖,神父。"我回答。

"祈祷吧,孩子,"他喃喃自语,"祈求上帝保佑爱尔兰和她的庄稼。"接着他朝威廉和玛琳的农场走去。

要是我们的庄稼受了灾怎么办？我们会饿死的！我还以为霍乱是一种取人性命的疾病，不会落到蔬菜身上呢！

1845年9月14日

从西边田垄里挖出来的土豆健康又可口。感谢上帝我们这里没有成为传染区域，但愿上帝帮助那些受灾的人。尽管如此，我们还剩很多土豆要挖。现在放心还太早。

1845年9月16日

当铲子触到土地，陷入其中，泛起黑乎乎的草皮露出庄稼的那一刻，我闭上眼睛祈祷。每一次睁开双眼，我看到的都是健康的土豆。谢谢你，上帝。

一些邻居就没那么幸运了。爸爸说我们得把土豆分一些给贫困的家庭。据说许多农田里的庄稼都枯萎了。可是很难知悉遭殃的田地面积有多大。

1845年9月23日

成千上万住在蒂珀雷里的人正全部出动，只为了看正在当地旅行的丹尼尔·奥康奈尔一眼。每个人的手中都挥舞着绿色的大树枝，高喊："欢迎，热烈欢迎……"

乐队伴随着行进的队伍，每一个群组代表不同的行业。那该是怎样一幅景象。超过十万人在瑟勒斯外。我多想成为他们中的一员，参加这场盛大的集会！

《民族报》的编辑、创立者之一托马斯·戴维斯去世了。

1845年9月27日

晚饭时，帕特告诉大家，两天前，都柏林爱尔兰地方银行的罗伯特·默里写信给伦敦财政大臣亨利·古尔本说："所谓土豆歉收一事被过分夸大了"。好吧，他应该到这儿来看看！

这些聪明的商人全都闭着眼睛走路吗？不过，当然啦，默里先生夜晚离开银行坐马车回家的时候，除了土豆以外，还有其他许许多多食物可以享用。所以，就算盘子里没有土豆，他也不会有所察觉。我在想，这场疫情对有钱人和他们的家庭来说到底意味着什么？真可笑，我以前从未想过这个问题，从未考虑过他们的生活跟我们有多么不同，从没想过这会让他们多么不知人间疾苦。而那些对穷苦人民知之甚少的政府官员却正在做着会影响我们生计的决定。不知道罗伯特·默里是否去过农民家？

要不是我注意到了爸爸脸上的表情，我一定会直抒己见。他的面色沉重而痛苦，我知道他在为这个国家来年如何自给自足而忧心忡忡。我祈祷大约一周后我们即将收获的最后一批土豆能健健康康的。尽管我们可能是幸运的几户人家之一，但局部地区的疫情就会影响整个国家，因为会造成食物短缺。

1845年9月28日

英格兰及爱尔兰总理罗伯特·皮尔先生有一个

有趣的外号。他在担任爱尔兰首席大臣的时候有个习惯，喜欢在晚餐后一条腿站在桌子上，一条腿站在椅子上，祝酒纪念威廉三世，也就是人们所熟知的"橘子威廉"①。于是丹尼尔·奥康奈尔管罗伯特先生叫"橘子皮儿"。我喜欢这个名字！

1845年10月4日

今天早晨，在休吉和格雷丝的帮助下，爸爸挖出了最后一批土豆，都很健康。一丝疫病的症状都没有。我们欢呼呐喊。现在，我们把土豆储存在一口枯井里，这样接下来的几个月它们都能保持阴凉、完好。在那里，疫病不会沾染它们分毫。尽管所有收成都安全无虞，但这依然将是个歉收季，我们得少吃一些，想办法多攒一些粮食。由于这场影响了克莱尔郡以及其他许多地区的瘟疫，明年将买不到什么吃的。今晚吃饭的时候我们喝了白脱牛奶②。跟近一两个月来只能

---

① 奥兰治（Orange）在英文中有"橘子"的意思。
② 提炼过奶油的牛奶。

喝水的境况相比，这简直是场盛宴。

1845年10月31日

今天"橘子皮儿"在伦敦与他的内阁成员召开了一次紧急会议。有传闻说他可能会废除《谷物法》，这样的话稻谷和玉米就可以自由进口到爱尔兰。问题似乎是许多部长以及他的内阁均反对这项举措。我不知道原因。不过还是为"橘子皮儿"叫好。我先前还以为他是敌人呢。看来并不是所有的英国新教徒都是坏人！

1845年11月3日

奥康奈尔正在努力阻止一切将食物运出爱尔兰并在海外售卖的行为。他同时强调每个人都应该停止用粮食私酿威士忌。粮食得用作食物，而非用来酿酒。他还要求英国取消爱尔兰进口食物的关税。他希望我们能从英国得到粮食和玉米。

1845年11月4日

显然,在坚信困难时期所有爱尔兰生产的粮食都应该留在国内这一点上,"橘子皮儿"是支持奥康奈尔的。不幸的是,他自己的内阁并没有拥护他的决定。我听说他们正分裂成两派。如果那些法律意味着民不聊生,为何还会有人反对将之废除呢?

1845年11月10日

可怕!可怕!绝大多数土豆都腐烂了,我们把它们从地里挖出来的时候还好好的。今天早晨爸爸把井打开,发现里面全都是得了病的糊状物。我们仅剩下那些还没有储藏起来的粮食。

"六个月的口粮成了一大堆臭气熏天的腐烂物。这病到底从何而来?"整个早晨爸爸不断重复着这些话。"疾病会要了所有人的命。"他慢吞吞地说。

听他这么说,我只觉得毛骨悚然。我们该怎么办？我们得用租金买吃的，然后呢？我们要是付不出房租，就会被扔到大街上去的。

1845年12月1日

昨晚有五个男人敲门找爸爸，内德也在其中。他们表情严肃，爸爸他们一起走了出去。我说要到河边去洗澡，于是跟着他们。我在阴暗处徘徊，试图听到只言片语。他们交谈了很长时间。所有人都窃窃私语，直到爸爸大吼："滚！别给我们惹麻烦。我们不会卷进去的，听到了吗？"

我急切地想知道他们到底在讨论什么，可是他回到屋子里时，却一个字都不肯说。他把笨笨从脚下赶走，只有在他火冒三丈的时候才会这么做。

"如果我们家帕特牵涉其中，"后来他以为我们睡着了，对妈妈说，"我会把他赶出去，不让他回来。那种事会把我们全都毁了。有人得安抚一下那个惹是生非的家伙，内德。英国人是不会支持他的胡闹行为的。"

妈妈让他别那么激动。"你还不知道这事是否跟帕特有关系呢。"她说。接着她恳求他等帕特回来的时候一个字都别说，可是帕特再也没回家。我讨厌他离家出走。这么做只会让事情变得更加糟糕。我想知道那些人到底为何上门拜访？

1845年12月3日

寒冷的冬天来了。我们还有很多泥炭可以保暖，但是吃的东西，真不知道该怎么办。虽然还有一些没受到影响的土豆，但是根本不足以撑到下次收获的时候。这些土豆吃完，就没什么可吃的了。济贫院的人都在谈论斑疹伤寒爆发了。显然，这是饥荒造成的自然结果。饥荒，我以前从来没在日常的谈话中听到过。只听老师在历史课上讲过，现在却成了大家都在谈论的事情。我们都要饿肚子了吗？

1845年12月4日

妈妈又用母乳喂艾琳了。她说，已经没有牛奶了。只有这样，这个可怜的小家伙才会觉得自己吃饱喝足了。她不明白如果有能力的话，我们肯定会喂饱她的。她的眼睛下面出现了可怕的黑眼圈，哭个不停，比笨笨还瘦。我们所有的孩子睡在一张床上，因此这就意味着一旦她开始大喊大叫，我们全都会被吵醒，即使她跟爸爸妈妈在一起也不例外。我实在太累了，不得不停止学业。

1845年12月5日

"橘子皮儿"辞职了！为了爱尔兰以及《谷物法》的战斗。真没想到！现在反对党由约翰·罗索勋爵领导。他们是辉格党，将组成新的政府。

1845年12月10日

我开始明白为何那么多人相信爱尔兰应该由爱尔兰人治理。爱尔兰只有由爱尔兰人统治，才会做出对本国人民最有利的决定。可是，就在我写下这些文字的时候，大量食物正从爱尔兰出口运往海外销售。丹尼尔·奥康奈尔正要求停止一切出口行为。他坚持要把每一粒粮食留在爱尔兰，在那些未遭腐烂的土豆全都吃完以后好给人民糊口。如果其他食物出口海外，到时候粮食将所剩无几。然而，不顾他的建议，满载着食物的船只正从每一处爱尔兰港口起航：黄油，鸡蛋，燕麦，小麦，羊，猪，全都外销了。

我不明白为何我们自己都没有充足口粮的时候，还要把自己生产的食物出口国外。当我向帕特提出这个问题的时候，他说这是商业行为。"这样可以赚钱，菲利，他们压根不关心食物短缺的人民。那正是我们必须为一个自治的爱尔兰奋战的原因。"他说。他把一切都归入政治。或许他是对的。我不知道。

1845年12月14日

艾琳因为吃不饱，于是大喊大叫，把我们都逼疯了。她不明白我们所有人吃得都比以前少。她的哭声真是让人揪心。

1845年12月16日

我的肚子咕咕叫个不停。就算刚吃完晚饭,还是觉得饿!我越来越瘦,疲惫不堪。

1845年12月20日

《民族报》援引了奥康奈尔的话:"我将为了爱尔兰尽我所能,到那时我将退出政治舞台。"

1845年12月24日

今天早晨帕特回家跟我们一起过圣诞节。我正担心他不会回来呢。他不在我父母一点也不高兴。他已经出门好几天了,可他却完全没有把自己的缺席放在心上,还让爸爸别再担心了。"少了一个人就是少了一张嘴。"他打趣道。他在这儿真好。即便我们填不饱肚子,围着炉火还是会有说不完的故事。

1845年12月25日

好一个圣诞节！帕特的伦敦轶事让我们全都捧腹大笑，兴高采烈。显然，维多利亚女王派人请来了辉格党领导人约翰·罗索勋爵，并邀请他组阁，然而，因为《谷物法》，他无法得到足够的支持，不得不拒绝了她的提议。这让她别无选择，只得通知"橘子皮儿"她不会接受他的辞职。现在，他又重新掌握政权了！但愿他还跟以前一样打算为爱尔兰做些什么。即便粉身碎骨，我们爱尔兰人也要推翻英国政府！想象一下精神错乱的维多利亚女王浑然不知下一分钟是谁在掌控她的国家！不过我打赌她在享用圣诞大餐时一定不会感到不安。我打赌她一定大快朵颐。一只大肥鸡或者一只大肥鸭。噢，一定很美味！

1846年1月3日

噢，上帝啊，我太幸福了！我在爱林庄园找了份工作。这座大房子离我们的小屋并不远，只要穿过田野往南走两英里就到了，而且我一天能挣四便士！钱不多，但却能改变我们的生活。我负责擦洗地板，擦亮银器，哪里需要就去哪里帮忙。洗碗女仆，这是我的头衔。好吧，我会做好的。我是最棒的。我洗衣服的日子已经够久了。

管家把我带到厨房——比我们整间屋子都大！桌上的银盘里全都是吃的。我的眼睛一定睁得跟茶碟一样大。就在我暗暗盘算怎样把其中一些塞进肚子里的时候，墨菲太太，就是那位管家（身材圆滚得像枚硬币）对我说："你别以为你可以在这屋子里想吃什么就吃什么。只要我发现你小偷小摸，你就得出去。记住，偷窃会让你蹲大牢的。"我连连点头，还谢谢她给了我这份工作，接着赶紧回家。"一分钟都别迟到！"她在我身后大喊，可是我的脚上生了翅膀，当时已经跑到了车道过半的地方，没有回头再看。

我等着要把工作的事告诉帕特。我打赌，如果我给他画一幅那座房子的平面图，他肯定会在夜晚他们都睡着的时候闯进去，突袭厨房，为我们带回所有的战利品，好让我们狼吞虎咽地饱餐一顿。我数不清那里究竟有多少房间。那是座宫殿，而且充满了文明社会的气息。

1846年1月4日

今天早晨我被介绍给了其他几个雇工。有十几个人在那里工作。园丁、洗衣女仆、厨师、马童，还有一个挤奶女工和一位男管家。好多人！目前为止我年纪最小，可我并不介意。还有另一个女仆，玛丽，比我年长许多，十九岁，我猜。她有一头赤褐色的长发和一对蓝色的大眼睛，像画中人一样漂亮。她的骨架像鸟儿一般娇小，在她身边，我觉得自己又胖又矮，可她却对我微笑，还向我问好。她太友好了，这打消了我的羞怯。墨菲太太坐在厨房里，一边抽着短柄陶烟斗一边向我们发号施令。她吸烟的时候我要是在周围，就会被烟呛得泪水直流。她把我吓坏了。真高兴妈妈不抽烟斗。

1846年1月6日

庄园前门内有个架子。我正疑惑地盯着瞧，一个温柔的声音在我身后响起："你从外面进来后，这是给你放鞋用的。"

我转过身，面前站着一位身着骑马服的年轻绅士。他一定跟帕特年龄相仿，或许还稍许大一些。我垂下眼睛，死死盯着自己的脚，因为我无法直视他。他太英俊了，黑棕色的眼眸那么友善，而且……噢，我开始明白帕特为何给了我日记本，让我写下自己内心的想法。

我不知道他是否注意到我没有穿鞋。我这辈子都不曾拥有袜子或者鞋子！

我点头感谢他的解释，接着提着篮子匆忙跑上楼梯。走廊很长，我总是会迷路。我一路打开了好几扇房门，悄悄往里头张望，发现全都是卧房。六间，七间，甚至有八间，而且每间屋子里面都有一张床。你能想象吗？不仅如此，床上还有亚麻床单和枕套。我从未见过如此精致的东西。而且每间卧室都有一个带烟囱的壁炉。

我逃跑以后，躲在其中一间屋子里，心怦怦跳个不停；我呼吸着室内清新的空气，有干净衣物的味道，瓷碗里干花瓣的味道——他们叫它干香花——还有木制家具上擦亮剂的气味。在甜蜜的宁静氛围中，我蹑手蹑脚地来到床边，倚着窗台，视线落在起伏的田野上。这片景色亘古不变！

我凝视着下面的花园，那里有形态各异的花朵和树叶！即便现在是冬天，依然五彩缤纷。我连做梦都没想到竟然还有如此美丽和奢华的存在。在这一切美好的事物中间，住着那个长着黑眼睛的年轻人。

我感觉仿佛在夜深人静时苏醒，发现自己来到了童话世界，那里的天空熠熠生辉，鸟儿甜美地歌唱。我掐了自己一把，可这房子是真的，我可以自由进出，每天午饭时还可以得到一碗热汤。

1846年1月10日

那个像王子一样英俊的年轻人名叫爱德华！我在洗碗间附近的走廊同他擦肩而过——天知道他在那儿

干什么——他对我说:"又见面了,你好。"

我完全不知所措,更因为他认出了我而大吃一惊,于是只得行了个笨拙的屈膝礼。接着他向我伸出手,眼眸闪闪发光,充溢着暖意,说道:"不用行礼。告诉我你叫什么。"

"我叫菲利。"我说,手中紧抓着硬毛刷,慌慌张张地溜走了。不是因为我想要离开,而是因为我感到恐惧。

墨菲太太说他是主人的独子,我听到她嚼舌根的时候是这么说的。(我从未问过。我无法提及他的名字。我无法把这个如金币一般闪亮的梦跟她分享,然后任由她因为我的胡说八道而取笑我或是责骂我。)于是,正同帕特曾保证过的那样,我所有的学习都有了某种意义。那意味着要是我再次同爱德华偶遇,要是他跟我多说几句话,我就可以同他交谈。

爱德华。再没有比这更美好的名字了!

1846年1月15日

这幢屋子的楼上有间图书馆。多么神奇!自己家里有间图书馆！我从没让人知道自己能读会写。所有有钱人的家里都有图书馆吗？等我再见到帕特的时候我要问问他，尽管他已经好几天没回家了。

今天下午，我看到厨房女佣玛丽偷藏了一块肥皂。我原本试图偷偷溜走，这样她就不会知道我正好在那儿，可她却突然转身看见了我。

"菲利！"她悄声说，声音却很有力。我别无选择，只能洗耳恭听。

"那是什么？"

"你什么都别说！"她的脸颊通红，不知是因为愧疚还是害怕。

"我不知道你在说什么。"我说完便忙自己的事去了。我知道撒谎是种罪过，然而，上帝原谅我，我家无法承受我失去这份工作所带来的损失，无论如何我都不想与玛丽作对，彼此埋怨。要是墨菲太太逮住了她，那是她们的事。我只要装傻就好，因为我本来就是无辜的。

1846年2月2日

笨笨病了。它太瘦了，爸爸说我们养不活它了。

我们已经没有多余的饭食，拥有的每一粒粮食必须用来养活我们自己。我眼看着笨笨在巷子拐角的大树下躺了一个下午。它看上去奄奄一息，我觉得它再也起不来了。趁四下无人的时候，我蹑手蹑脚地走了过去，喂它吃了些干面包，那是我从庄园垃圾桶里的残羹里找出来的。它舔了舔我的脸，接着又躺倒了。要在平时，它一定会跟着我。我讨厌眼前的处境！

1846年2月5日

我边哭边写，纸上的文字因为滴落的泪水而化开了。今早艾琳去世了。我刚要出门工作，她便咽下了最后一口气。太可怕了。可我还是得走。我们得吃饭。桌上得有食物。我整天都在对抗自己的情绪。作为一个新手，我不得不让自己看起来开朗一些，然而艾琳的死让我伤心欲绝。尽管如此，我依然庆幸有这份工作，让我从失去小妹妹的痛苦中暂时解脱。我拼命擦拭地板，连墨菲太太都承认地板前所未有地闪亮。

1846年2月6日

帕特又整夜没有回家。今晚他出现的时候，爸爸对他大发雷霆，可我觉得爸爸的怒气是为了掩盖失去艾琳的伤心。我从未见过父亲泪眼婆娑的样子。我也很气帕特，可只是因为我希望他能带上我。当院子里只剩下我俩的时候，他悄声说："艾琳是最后一根稻草。"

"这话是什么意思？"

"你知道我指的是什么，菲利。"他的蓝色眸子眼神炽热，可是当他说完这句话以后，我暗自怀疑自己知道他要说什么了，"爱尔兰必须切断与英格兰的一切纽带。要是英国人不答应归还爱尔兰，我们必须竭尽所能赢回自己的国家。"

我被帕特的话、他要做的事吓坏了。有时候他为何不能以妈妈的视角来看待事情呢？"这是上帝的意志，菲利，"她说，"他带走了小艾琳，她会同上帝和天堂里的天使在一起，我们得为她高兴。她无须经受即将来临的夏季带来的苦难,那必然是一种幸福。"

帕特说妈妈的话毫无意义,而爸爸的回答则是:"请你不要把你那些胡作非为的想法灌输给别人,年轻人,不然你就离开这儿!"于是帕特一气之下冲了出去,在身后重重地摔上了大门。又来了。

我躺在床上,听着屋子里其他人的呼吸声和气喘声,设法让自己入睡。我觉得脸上湿了,才意识到那是我自己的泪水。

1846年2月7日

艾琳的葬礼。墨菲太太允许我晚点去上班,于是我得以在场。参加葬礼的只有家人和提摩西神父,他做了祷告。雨水让一切变得凄凉而阴郁。

葬礼结束后,我艰难地穿过被雨淋透的田野去上班。抵达时我浑身颤抖,玛丽提出替我拿条毯子,而我却说我不想搞得兴师动众。她是个好人。我不想看见她因为偷走肥皂而锒铛入狱。

今天我在楼梯上从那个黑眼睛的年轻人身旁经

过。他同我以前见过的人完全不同。真是个有教养的绅士。我听见墨菲太太对他说:"爱德华主人,先生。"在他家里竟有人会那样跟他说话,真是奇妙。我本想向他问好,可我的眼睛又红又肿,而且我太害羞了。他似乎不记得那天曾跟我说过话。我不知道为何他总是一个人。

今晚妈妈又打喷嚏又咳嗽。一定是今天早上站在雨里的时候感冒了。可怜的小艾琳。她的死让人无法接受。

1846年2月8日

我回家的时候提摩西神父正在我们的小屋里。妈妈在哭,他正在跟她说话,声音很轻。看见我回来了,他们装作一切如常的样子。然而怎么可能一切如常?我生火的时候,他问我是否见过帕特,我摇了摇头。"你哥哥的愚蠢言论以及他交往的同伴不会对他有好处的。"他严肃地断言。他离开的时候,嘴里说着"Dia Linn",那是爱尔兰语中"上帝与我们同在"的意思。要是上帝现在能拯救我们大家,那就是个奇迹。

1846年2月10日

帕特发疯了。他又冷漠又生气,让我心碎。"奥康奈尔做得还不够。自从英国人把这个可怜的家伙扔进监狱一年多,他就服软了。"帕特这么说。

"为什么?"我问他。

"因为他同意爱尔兰应该被赋予权力自治,但是他认为我们应该继续充当英国领土的一部分。那是一种妥协。这场战役已经拉得太长了。我们面临着饥荒,而我们的食物却被销往国外。若我们掌握自己的命运,还会这样吗?"

这样的怒气一定会给他带来危害。总而言之,他怪罪奥康奈尔怪罪得有点太快了。圣诞节前,正是奥康奈尔指出要把所有的食物留在爱尔兰。就连皮尔都带着他的内阁一同为废除《谷物法》而奋战。

1846年2月11日

只有土豆得了病。其他所有农作物既多汁又美味，可是却被出口了！我不明白。政治和经济让我困惑不已。无论哪一方面，似乎都没有把人民的利益放在心上。即便那些对国家自治并不关心的爱尔兰人也为即将面临的饥荒忧心忡忡，然而有人却用我们的食物赚取利润。这可能会成为起义的导火索。

1846年2月14日

前天爱尔兰最大的土地拥有者之一，一个什么伯爵的，在上议院宣称爱尔兰的许多地区已经开始起义了。他要求警察保护地主。帕特说情况会越来越严峻。人民越发饥饿，暴力就会越发升级，而法律也会更严苛地镇压贫苦大众。

1846年2月16日

今天打扫门厅的时候，我偷偷瞄了一眼图书馆，爱德华在里面，正埋头看书。我好想进去。他的手托着腮帮，乌黑的头发落在指尖上。他十分好学，长相又俊美。不知道他整天读的是什么书。

1846年2月24日

听说今天已经爆发了难以控制的行为——不是在皇后村——在其他食物短缺比较严重的地方。英国政府正在通过一项新的法案,将有助于控制这些麻烦或者抗议行为更加恶化。

1846年2月25日

开始实行严格的宵禁了。我不太明白什么叫宵禁,于是我在庄园的厨房里将这个问题脱口而出。大家不安地面面相觑,仿佛我说了什么让人尴尬的事情。这让我迷惑不解。

"怎么了?"我问。

"最好别谈论这些话题,"墨菲太太说,"即便在这间屋子里私下谈论也不允许。"

"为什么不行?"我追问。

"够了。"她训斥道,接着她转移话题,还没等大家喝完汤,就打发所有人上工去了。

可是后来杰勒德把我叫到院子一角,解释给我听。他是园丁主管,是个好人,因为口吃,他花了很长时间才道出原委。"宵禁,"他结结巴巴地说,"就是一种限制人们活动的规定。"

"我不明白,杰勒德。"

"这么说吧。在日落和第二天日出之间,所有人都不允许离开家门。要是不听话,就会被逮捕。"

逮捕,太可怕了!工作结束后,我狂奔过田野,生怕在我进门前太阳就落山了!

今晚爸爸说现在拥有任何形式的武器都犯了刑事罪。地方法官有权宣判任何被怀疑拥有、携带或偷窃枪支的人流放七年!

今晚我睡不着,想象着帕特违反宵禁或是携带武器又或者密谋造反。他迟早会被抓起来的。

1846年2月26日

我害怕极了,或许是我胡思乱想过了头。我感觉好像到处都在策划阴谋！就连在庄园里都不例外。今天早晨我经过马厩，正打算将洗衣桶里的水倒掉，就在这时我发现马童休和多米尼克正在交头接耳。他们一看到我，就装作没在说话的样子，继续刷马，好像我是敌人似的！就连墨菲太太都有点儿失常。今天早上她的脸上洋溢着明亮的紫红色。我觉得她昨晚一定喝过私酿威士忌了！上周她有个住在里斯曼的姐姐死于高热。

1846年2月28日

这几天早晨我醒来的时候冷得要命。桶里的水都结了冰，真讨厌洗衣服，可我知道我别无选择。

家里用来做饭的土豆都不太好。妈妈说要是把它们煮熟，裹在布里压碎，然后做成土豆面包，就会好吃了。可是却让人反胃。我吃了这该死的食物以后，肚子疼了一整天。

墨菲太太说她回去问问，所有仆人能否除了一碗汤以外，再得到一大片面包。真是个好消息！家里又少了一个人要养活。爸爸说下个月他想把我挣的钱存下来。他说很快就很难找到食物了,即便出高价也买不到。要是所有东西都不曾被销往海外该有多好!

1846年3月1日

一件可怕的事情发生了!而且帕特牵扯其中。今天早上,我正准备出门上班,两个警察来到我们的小屋,猛敲大门,把我们全都吓得魂飞魄散,并且要求跟帕特谈话。爸爸告诉他们我们已经两天没见到他的影子了。那样的回答肯定对帕特不利,因为其中一个警察厉声打断了爸爸的话:"这么说,你无法证明他前晚在这幢屋子里?"

爸爸立刻意识到情况有多严重。他板着脸,皱着眉头问:"如果你们找的是我的大儿子,麻烦你们告诉我你们找他干什么?"

"你儿子,帕特里克·麦考马克,给自己惹上了麻烦。他会因为持有武器以及袭击他人居所而被捕。"

妈妈听到这话,像得病了似的捂着肚子,哭了起来。

"小声点,女人!"爸爸说,想到她依然沉浸在失去小艾琳的痛苦中,我觉得爸爸未免太严厉了些。"继续说吧。"他说。

然后警察将已然发生的整个事件叙述了一遍。(我无法相信自己的耳朵,可我绝不会怀疑它的真实性。我心里明白帕特总有一天会将言论转化为行动的。)"六个人,全都蒙着脸,进入了威廉·亨德森的家……"

"威廉·亨德森是谁?他肯定不是这附近的人。"

"亨德森是个小有名气的地主。他的房产位于北边的蒂珀雷里。"

"他怎么了?"爸爸镇定自持。

"几周前亨德森将一户人家赶出了他们的小屋,因为他们没有付房租。毫无疑问他想把小屋租给另一伙答应支付更高金额房租的人,或者他已经同意了某些对他更为有利的协议。"

"你们跟我一样清楚,答应支付更高的房租和实际上能不能筹到钱,"出于自我防卫,爸爸打断了对方,"根本就是两码事,而无论这人是不是个有钱的地主,相信能筹到钱,就是个傻瓜。尤其是眼下饥荒迫在眉睫——"

"尽管如此,也并不提倡黑吃黑的行为。绿带会运动①,或者任何形式的秘密活动——甚至包括集结一群人往门上钉恐吓信——或是强行进入别人的家,以上种种,全都是违法行为。

"六个男人等到半夜,然后进入花园大门,为了进屋还将后门拆毁了。没人受伤,但他们威胁被吵醒的地主,要是他的佃户再因为延迟付款被赶出去或者受苦的话,他的生命就有危险了。如果罪名成立,你儿子会因此被驱逐出境。"

"你们得先找到他,"爸爸厉声说,"要是能找到的话,你们见他的次数一定比我们还多。"说完他砰地一声关上了门。

屋子里气氛压抑,我上班也迟了。可我无法让自

---

① 绿带会运动(Ribbonism)是18世纪末19世纪初爱尔兰北部产生的农民运动。天主教农民结成秘密组织,以绿色布条为标记,故称"绿带会"或"里本派"。

已动弹。帕特被驱逐出境！这样的威胁让我的脑袋里一片混乱。

1846年3月2日

饥荒正在蔓延。现在就连那些没有遭受土豆疫情打击的地区都出现了食物供应不足的情况。我能找到工作实在是太幸运了——有了收入，还能有汤喝。

1846年3月4日

没有帕特，生活便失去了乐趣。他已经离家好几天了。他一定正躲在哪里。我很想他，真希望他会溜回来把我偷偷带走。爸爸说："他永远也不会再踏进这间屋子了。"可帕特只是在争取我们自己的权利罢了，爸爸怎么可以说这样的话？不过，我希望他能在心系众人的同时关心一下自己，暂时将废除法律的事情抛在脑后。在人民饥肠辘辘之际，由谁统治一个国家又有什么区别呢？除此以外，再也没有人可以跟我一起去钓鱼了，现在游泳也太冷了些。

1846年3月6日

我整日因为帕特而失魂落魄。真希望他能跟我们联系，让我们知道他安然无恙。要是他被流放了，会有人来告诉我们吗？他会被送去哪儿呢？我们还能再见到他吗？真希望爸爸别再生他的气了，别再说除非他悬崖勒马否则禁止他进门的话。那样他就能回家了。

我今天从玛丽那儿听说爱德华是独生子，而且他妈妈在他小时候就去世了。

玛丽有个小宝宝，一个叫露西的小姑娘。我没问她孩子的父亲在哪儿，也没问这是不是她偷东西的原因。我们单独待在厨房的时候她拿走了一条面包。我看着她把面包藏在一篮子要洗的衣服里。她一定知道我看见了她的所作所为，尽管我装作不曾留意的样子，因为我不想牵扯进去。这么做实在太冒险了。

1846年3月9日

春天就快到了，我的心也轻快了起来。希望的浪潮席卷了爱尔兰和爱尔兰人民。各方传来消息，英国已经建立了赈灾委员会。显然，是在去年年末建立的。就在我写下这篇日记的时候，载着印度玉米的船只正从美国出发驶向爱尔兰。在爱尔兰的部分地区配给品已经抵达，正被存放在仓库中以应对饥荒。因此，英国政府终于为爱尔兰做了些事情。我曾对他们照管的能力表示怀疑。根据历史经验我做出了如上判断，那正是我如此缺乏信心的原因。然而，历史并不总是重蹈覆辙。英国政府，在亲爱的老"橘子皮儿"指导下，将向全国人民发放食物，我们再也不会挨饿了！

上帝保佑，但愿帕特听说了这件事以后，会赶紧回家。上帝保佑，但愿现在是安全的，并没有因为反英国活动为自己惹上麻烦。爸爸说得对。帕特被诸如内德这样喜欢惹是生非的家伙引领着走上了一条狂野而危险的道路。

1846年3月10日

今天下午墨菲太太盘问了我关于银器的事情。她问我有没有把一把最好的银汤勺放错了地方。"这个星期两套餐具都是你洗的，不是吗？"我点了点头。接下来她想知道我有没有清点过勺子的数量，要是数过的话，有几把。我无论如何都想不起来了。

"就是平时的数量，我想。"我说。

她瞪了我一眼。"天天做白日梦会让你失业的，姑娘。这是你的弱点，菲利·麦考马克，可别否认，因为我对你留神着呢。要是勺子不见了，就是你的责任。"天哪，难道她以为是我偷的？

还是有一个好消息的。她告诉我已经得到了许可，我想她说的许可应该是来自爱林庄园的主人——爱德华住在英国的父亲——每个员工中午的时候除了汤还能得到一大块面包。所以，她也并不是一直那么严厉！

1846年3月12日

银汤勺出现了。它同别的餐具错放在了一起。我为此受到了责怪。我什么都没说,但此时此刻我写下这篇日记,心中十分肯定我不记得自己把东西弄乱过。

1846年3月13日

他们今天在庄园里说,食物的需求日益迫切,甚至让人感到走投无路。那些还在路上的玉米怎么了?

自从墨菲太太的姐姐去世以后,她厉声喊话的频率不像以前那么高了。我想她正沉浸在悲痛之中,就像妈妈哀悼艾琳一样。

1846年3月14日

今天早上,擦洗图书馆地板的时候,我偷偷溜到一个书架前,手指滑过书架上的书脊。我想感受它们的质地。整排整排的书。有些书的封面是用破旧磨损的皮革装订的，上面写着我看不懂的文字，字母已经褪色了。我以前从未细瞧过它们。我轻轻取下一本书，将它打开。书本散发出一种好闻的味道，纸张如丝绸般精美。诗集，我想一定是，因为跟寻常作品相比文字更短小整齐。这本书是一个名叫让·巴蒂斯特·拉辛①的人写的。我站着翻动书页，好奇书中会写些什么内容。就在这时，房门突然间打开了，爱德华走了进来。我吓得心都要跳出来了。我假装在拂封面上的灰尘，并以最快的速度将书放回了书架。爱德华心事重重的样子，并没有注意到我的举动。幸亏他不知道洗碗女仆并不干打扫的活儿。那是玛丽的工作。

我提起洗衣桶准备离开。我想，一定是我的动静，让他意识到房间里还有别人。"噢，你好，菲利。请你别走。继续干你的活儿，不用在意我。"

不在意他！我怎么可能不在意他？我每瞄他一眼，心就狂跳不已。更别提他喊我名字的时候我的那

---

① 让·巴蒂斯特·拉辛（Jean Baptiste Racine，1639—1699），法国剧作家、诗人。

股兴奋劲儿了!

"好的,先生。"我回答,尽可能保持冷静。

我在擦洗地板的时候,一定发出了连自己都未曾察觉的哼哼声,因为他突然问:"你喜欢唱歌吗,菲利?我不知道是什么让你如此高兴。"

我傻站在那里,不知该如何回答。最后,我终于含含糊糊地说了些关于"橘子皮儿"和他的粮食救济的事。对一个博学的年轻人来说这似乎是个睿智的答案,而我讨厌爱德华把我当作一个脑袋里除了水桶和肥皂泡什么都没有的傻瓜。我根本无法承认是因为离他如此之近,我的心里才回荡起哒哒哒的欢快节奏,嘴上也不自觉地跟着哼唱了出来。他放下手中的笔,凝视着我。"好吧,如果你有兴趣的话,我们不妨讨论一下。"

"讨论什么?"我已经忘了刚刚回答了他什么。

"皮尔粮食救济计划中的不足之处。"

"有吗?"我反问道,心里多么希望帕特就在身边,他一定知道该说什么,还能给我出主意。

"确实有。总理似乎并不明白绝大多数爱尔兰人并不购买食物。他们种植土豆,他们吃自己种植的粮食。"

我盯着手中的抹布。我可以跟帕特一连讨论几个小时，可在这里我却哑口无言，这究竟是怎么回事？

"你同意吗，菲利？"

"我们家靠土豆为生，"我结结巴巴，因为紧张而有些口齿不清，一字一句从唇间倾泻而出，"这没有什么好害羞的！在大多数爱尔兰家庭，土豆是主食，水或者白脱牛奶是饮料。我们种植燕麦用来销售，把猪养肥以供应市场，可所有的钱都直接进了我们地主的腰包……"我满脸通红，激动地说个不停，完全忘了自己正同地主的儿子面对面站在一起，而他正笑容满面地看着我。是在取笑我吗？"对不起，先生，我得走了。墨菲太太会找我的。"

我朝房门走去，一路上我的视线越过大量书籍、一排排放着合订本的书架，于我而言这是一个未知的世界，而爱德华则坐在正中的书桌前。我叹了口气，觉得自己又愚蠢又无知。我多么渴望跟他一同分享这所有的故事和语言。

"菲利？"

"什么事？"

"你上学吗?"

"我上过学,先生。"

"你看书吗?"

我点点头。"可我一本书都没碰,先生。"我迅速地补充道,脑子里想起玛丽和她偷勺子、偷面包的事儿,还有那把不见了重又出现的勺子。

"欢迎你随时到这儿来看书。我是说,当墨菲太太不需要你的时候。我无意让你在工作中分心。"

我一头雾水。不知道该说什么。我点头表示感谢,然后一溜烟地跑了。我们家里从来都没有书。书本是上学用的。我对爱德华每天在那里干什么充满了好奇。他是在记录土地账目,还是在学习呢?

1846年3月16日

自从枯萎病侵袭土豆以来,已经过了六个月。有些地区开始有人死去。黑热病和眼下另一种被叫作黄热病的疾病正经由那些吃了染病土豆的贫穷饥饿的人从北到南、由西向东地传播。一旦感染黄热病,全身的皮肤都会变黄。昨天在离我们村步行不到五分钟的地方,我沿着木头十字架附近的榆树环路往前走的时候,同一家子乞丐擦肩而过。尽管庄园里的工人们都说一户户人家正倒在田野和路边,因疾病和食物短缺而死,他们却是我看见的第一群乞丐。看来在秋天来临、新的庄稼收获以前日子都很艰难。到那时我们才有东西吃,才能重获生机。

1846年3月17日

今天是圣帕特里克节①。没有惯常的庆祝活动。

1846年3月19日

他们建立了发热医院。饥荒热——这是大家给黑热病和黄热病取的名字——在各地爆发。也有人叫它斑疹伤寒。痢疾也到处都是。地方长官找不到足够的

---

① 圣帕特里克节(St. Patrick's Day)在每年的3月17日,纪念爱尔兰守护神圣帕特里克。这一节日5世纪末期起源于爱尔兰,如今已成为爱尔兰的国庆节。

护理人员。几天前的希望化成了泡影。人们处于极度绝望之中,一些城镇出现了暴动。他们为何不分发曾许诺我们的印度玉米呢?

1846年3月20日

死亡人数在上升。饥饿、疾病、无家可归者肮脏的生活环境是根本原因。就连一些照顾病人的护士和医生都感染了疾病,相继死去。英国都干了些什么?就我所见,几乎什么也没干。《联合法案》也不过如此。我们只在合适的时候才作为英国的一部分。他们可以对爱尔兰予取予求,可是当爱尔兰需要帮助的时候,又是另一回事了!

我开始理解帕特的愤怒。我好想他!要是能有他的消息,知道他是安全的,该有多好。

1846年3月21日

我实在不忍把我们听说的消息写下来。庄园的厨房里有流言说有些人被赶出了家园。去年土豆的歉收意味着几百户家庭无法支付房租。据杰勒德说，一周前戈尔韦县的三百名佃户遭到了驱逐。他们并没有非法占用公共土地，也不是住在泥巴小屋里的乞丐。他们信誉良好，可地主却在警察和军队的帮助下把他们赶了出去。现在这些地主可以将土地用来放牧他们自己的牲畜了！

事情是这样的（据杰勒德说）：戈尔韦县巴林格拉斯村的居民们并没有拖欠房租。他们把房子造得又坚固又整齐——他们的地主没什么可抱怨的。他们还为了在附近的沼泽地带开垦近四百英亩土地而辛勤劳作。可是，上周某天一大早，在毫无预兆的情况下，一队步兵在指挥官的带领下来到村子里，同时还出现了许多警察和带着部下的警长。当时，佃户们被要求放弃他们的家园，他们当然拒绝。警长扬言这是官方命令，他们这些人——总共六十一户人家——要立即放弃居住地。

接着，军队二话不说开始拆毁这些居民的家。他们扯掉屋顶，破开墙壁。女人们在哭，东奔西跑，把她们的孩子紧紧抱在怀里。年轻人都紧紧抓着建筑物不放手,用身体抵住门框,试图阻止进一步的破坏,不过一切都是枉然。他们被强行拉开,推到地上。人们一边尖叫一边忙着牢牢抓住自己的牲畜和微薄的家当,生怕最后一无所有。军队——很多都是爱尔兰人——对人们对其违法行为的咒骂置若罔闻。

接下来的几天整个村庄被夷为平地。没有一户人家幸免于难。人们逃走后流落街头。房子的基石被挖了出来,不允许任何人在附近过夜。

1846年3月22日

今天正要下班的时候,墨菲太太走进了厨房,一把拉住了我的胳膊。她的表情那么严厉,我还以为自己做错了什么。"拿着这个,带回去给你家里人。"她说着摇摇摆摆地走向食品柜,拿出了一只鸡。一整只煮熟的鸡!我简直不敢相信自己的眼睛,于是杵在那儿,好像没了胳膊似的。"去吧,姑娘,"她说,"拿着。我不是革命者,也不懂什么政党,可我明白何为正义。杰勒德昨天告诉我们的事令我震惊。我想，从现在开始我们农民必须互相照应。"

以前我从没听她说过这些，也没见她从庄园拿走过食物。我想她一定是在客厅里喝了太多威士忌！

"你那个哥哥有消息吗？"就在我带着晚餐快步走出房门的时候她问。

"没有消息。"我回答，然后赶紧跑了出去，生怕她改变主意。

回到家，做完祷告，我们享用了一顿豪华的鸡肉大餐。没有了小艾琳，帕特也失踪了，于是家里只有六个人了。我们狼吞虎咽，直到不再感到饥饿，可心情却不像一年前那么明媚。没有欢歌，没有炉边故事。讲故事从前一直是我们家最爱的娱乐节目。我最喜欢浪漫传说和英雄传奇，巨人、国王和精灵们大步前行，同女巫和恶灵作战，让世界恢复秩序。噢，现在只有那些传说中的魔力才能让一切变得井井有条！

吹熄蜡烛的时候妈妈哭了。她以为没人看见，可我发现了，躺下睡觉的时候，我感觉非常无助。她一定也在为我们的将来担忧。

1846年3月23日

今天早上我在厨房里擦拭银器,竭力让自己保持清醒。昨晚我失眠了,因为担心爱德华的家人会把我们赶出家园。我们能去哪儿呢?帕特如何才能找到我们?

我做梦也没想到那愚蠢的土豆一季的歉收会这样令人惶惶不安。脑袋里充斥着这些念头,我几乎不知道自己正在干什么。我放下擦了一半的水壶,跑出去寻找爱德华。跟往常一样,他在图书馆,我径直走到门口,说想跟他谈谈,这回我一点都没结巴。他看起来吃了一惊,可还是同意了。他放下钢笔,棕色的大眼睛直视着我。同平常见到他时一样,我紧张极了。

"爱德华,如果你是我的朋友……"我开口。脸皮真厚,他什么时候说过我们是朋友了!"……如果我们的谈话对你来说并非毫无意义,如果你关心爱尔兰或关心任何一个生活在这里的人,我请求你,跟你的父亲谈谈……"

我鼓起勇气,脸颊变得滚烫。我上前几步,直挺挺地站着,想在我被开除以前拼命说出一切。

"我爸爸并没有拖欠房租。目前没有。而且我们还有一头小猪可以卖,即便在圣诞节前它还没那么肥壮,我们最好还是卖了它,不过现在还有一线生机,因此我们要比许多人都幸运……"我做了个深呼吸,继续说下去,"请你求求你父亲不要对我们,对生活在十字路口、教堂或者木头十字架附近的人家那么残忍。你们的床上有那么多衣服,食品柜里有那么多食物。别把我们赶出去。我的小妹妹已经上天堂了,我的小狗笨笨,也快死了。其他人的处境更加糟糕,我知道,可是做人必须公道。要是你和你的家庭树立了榜样,如果人们发现并非所有富有的地主都残酷无情,谁知道呢,事情可能会有转机。仇恨和恐惧可能会停止,还有——"

"哇,菲利,哇,"他温柔地回应,站了起来,"首先,我没有权力像你所要求的那么做——"

"你有!"我大喊,"别哄骗我,我恳求你。"

"坐下，菲利。听我解释。这样你就会明白我的家庭并非如你所认为的那样拥有这些权力。"

我迷惑不解。我的心告诉我爱德华没有对我撒谎——当我们四目相交时，我们在彼此眼中看见了真挚，我们心灵相通，尽管在日常生活中我们毫无交集。然而此时此刻，当他搬出一把椅子，领我走过去时，我头晕目眩，帕特和他的坏朋友内德说过的话涌入我的脑海。他们在警告我，我正铸下大错。相信一个富有地主的儿子，我该是个多么愚蠢的姑娘啊？我被他文雅的举止和甜蜜的嗓音所诱惑（当他说话的时候，带着一种温柔的爱尔兰口音）。

"让我走！"我反驳，站了起来，"你们有五千英亩土地，甚至还不止！"

"菲利，拜托。"

他的微笑打败了我，我依然站在原地。

"那么解释吧，"我说，"可是别把我当作傻瓜。"

"这件事很复杂，菲利。所以请耐心听我说。先冷静下来。我是你的朋友，并且为此感到自豪。所以相信我。"

"说吧，我耐心听着。"

"我父亲是人们口中的外居地主，因为他并不住在这里。跟许多外居地主一样，他不愿在伦敦和爱尔兰之间舟车劳顿，坐十二个小时轮船跑到这儿来收房租。因此，一年前，他把所有的房地产都租给了一个人，那个人把土地分割成了许多小农田，租给像你们这样的人家，这些人家要为几英亩薄田支付高昂的租金。二地主从中获利，而我父亲也按时收到租金。你听懂了吗？"

我慢慢地点点头，努力理解爱德华说的话。我从没想过我们竟然不是他的佃户。爸爸知道吗？

"要是你没有办法帮助我们，"我问，"那我应该恳求谁呢？你就不能代表我们跟那个人谈谈？你不知道大家都担心坏了。"

"没错，菲利，我知道。可我是爱尔兰人。我知道什么东西正侵蚀着这里的制度，而这让我为之羞愧……"

我死死盯着他。

"你的眼睛，你的表情告诉我你不相信我。"

"你对我撒什么谎？你是英国人。不到五分钟前，你还承认你爸爸是英国人。"

"可我出生在皇后村。这是我的祖国。我父亲想让我去上英格兰的大学，可我一心要留在都柏林。我或许是个新教徒，菲利，可无论是新教徒还是天主教徒，我们都是爱尔兰人。我想在三一学院攻读法律，然后追随丹尼尔·奥康奈尔的脚步——"

"他和我们一样是天主教徒，"我厉声说，我突然困惑不已，又吃惊又激动，"噢，上帝……"我低下头，为自己的愤怒感到愚蠢。

"怎么了？"

"我听上去就跟我哥哥一样……无论他在哪儿。"我喃喃低语。

"你哥哥去打仗了吗？"

"我说不清。"我撒了谎。我回忆起那天在河堤上帕特跟我谈及了青年爱尔兰，我好想念自己的哥哥。"如果我信任你，告诉你帕特的事，我怎么知道你不会去警察那里举报他，让他坐着那些大轮船被流放去澳大利亚？"

"你觉得我会这么做?"

"不,因为即便我知道他的下落,我也永远不会告诉别人!"

爱德华若有所思地凝视着我。下定决心后,他快步走向飘窗,拿来一具木梯,将它架在一面书墙前。他爬到梯子最高的那一级,朝我的方向瞥了一眼,接着从书架顶端取下两本书。他示意我过去拿书,我照办了。我等在梯子下面,注视着他那高贵的身形,而他正在空出来的书架上忙碌着。他一手攥紧了拳头爬了下来,快步走到门口,转动了钥匙。

我的心口小鹿乱撞,简直欣喜若狂,可要是墨菲太太发现我跟小主人一起锁在这里,她会怎么说?

"把书放在桌子上,然后到这儿来,闭上你的眼睛,好吗?"我依言照做,抿紧嘴唇,想象爱德华会吻我。

"伸出手。"

又一次,我像被命令了似的遵从了他的指令。一张像是方形纸板的东西落在我粗糙的手掌上。

"睁开眼睛。"

我好奇地盯着手里的东西。我拿着的是一张绿色卡片。

"你哥哥给你看过这个吗,菲利?"

我摇了摇头。

"看见上面的字了吗,菲利?作为爱尔兰公民,天主教徒与新教徒必须紧密团结。我父亲或许是英国血统,可我却是在爱尔兰出生的,跟你和你哥哥一样。"

为了理解他的话,我抬起目光,在他的眼中搜寻。

"我站在你这一边,菲利。不仅如此。我同青年爱尔兰一起站在托马斯·弗朗西斯·米格尔①、威廉·史密斯·奥布莱恩②、加万·达菲③和其他人身后。"

我目瞪口呆。

---

① 托马斯·弗朗西斯·米格尔(Thomas Francis Meagher,1823—1867),爱尔兰民族运动"青年爱尔兰"的领军人物之一。
② 威廉·史密斯·奥布莱恩(William Smith O'Brien,1803—1864),爱尔兰民族主义议会议员,"青年爱尔兰"运动领袖。
③ 加万·达菲(Gavan Duffy,1852—1936),澳大利亚法官,第四任澳洲高等法院首席法官。

突然，门把手开始转动，咔嗒作响。接着响起一记敲门声。这不速之客令我们始料未及，我吓得差点魂灵出窍。爱德华一把从我手里拿走了卡片，塞进自己的口袋。"是谁？"他边大声回应边快速走向桌子，拿起书本，爬上梯子。

"抱歉打扰您了，爱德华主人。我以为小菲利在这儿打扫地板呢。不知道您在这儿。请原谅，先生。"

"等一下。"他态度冷静，友好亲切又令人宽慰。他说话的时候示意我穿过房间躲在暗处，于是我急忙踮起脚尖，努力不让赤裸的脚底行走在光亮的木地板上时发出动静。爱德华走向房门，开了锁。"需要帮忙吗，墨菲太太？"

"不，先生。真对不起，打扰您工作了。"说完她便走了。我长舒了一口气。他的眼里有淘气的笑意。

"我必须回去了，不然要失业了。"我向门口走去，心里七上八下。爱德华并没有如我所寻求的那般给予我的家庭和我们的小屋保障，可他却对我说了真心话。这是我做梦也没想到的。

"青年爱尔兰运动是我们的希望，菲利。我

们——你，我，你哥哥和所有人——是这个国家的未来。一个自由独立的爱尔兰。"

回到厨房，我在沉默中带着惊愕的心情继续擦拭银器。

"你去哪儿了？我到处找你。"

我知道墨菲太太会怀疑我。我不能把真相告诉她，但也讨厌撒谎，尤其是对她，因为她死去的姐姐和她的仁慈，可我别无选择。"我一不小心把自己锁在楼上一间卧室的盥洗室里了，"看见她眉头紧皱，仿佛即将提出一大堆问题，我又急忙补充道，"对不起。"说完我低头卖力工作。

墨菲太太哼了一声，然后不见了，而我则陷入了沉思之中。

我多么希望帕特在这里。多么希望自己能把所有写在日记中的秘密说给他听，除了他，我再也没有其他可以信任的倾诉对象了。爱德华是个民族主义者，并非我原本以为的保皇派。我真的交了这样一个出色的朋友吗？

1846年4月5日

今天早晨，有人发现爱林庄园大门上钉着两张骇人的肖像。我并没有亲眼看见，因为我到的时候它们已经被移走了。一张挂在洗涤室的门上，另一张钉在院子里的后门上，离马厩很近。我没有问，因为我害怕知道，可我怀疑一张肖像可能代表爱德华的父亲，而另一张画的则是爱德华本人。

爱德华的父亲在今日拂晓时分抵达。我敢肯定钉恐吓肖像的人知道他正从伦敦回来，所以打算威胁他们的外居地主，根本不欢迎他的到来！

主管园丁杰勒德和两个马童，休和可怜的麻子脸多米尼克，被叫去由主人亲自面谈。每个人都紧张不安。我能感觉到这种气氛。然而即便博尔顿勋爵的某几个雇工真的略知一二，他还真能指望他们露出马脚吗？这可是背信弃义。全爱尔兰的地主们都正设法摆脱他们的佃户。他们期望成千上万贫穷的爱尔兰人会对此视若无睹吗？爱尔兰不奋勇抵抗绝不屈服。博尔顿勋爵现在是我们的敌人,即便他同时也是我们的老板。

即使博尔顿勋爵将他的土地租给了二地主,我相信他依然对我们负有责任。他可以展现自己的仁慈。当然他可以舍弃他的租金,并坚持让那些二地主也放弃自己的份额,直到食物重新出现在我们的餐桌上。他可以开放自己的粮仓。他可以将所有拖欠的租金一笔勾销。

然而博尔顿勋爵长着一双冷酷无情的灰眼睛,即使他是爱德华的父亲,我也不对他的慷慨抱有任何希望。他把所有责任推卸得一干二净,只保证自己的固定收入。而我们,他的佃户们——从本质上来说,由于我们住在他的土地上,我们便是他的佃户,无论他们编出何种制度——被送入他人的贪婪之手。

爱德华的俊美外表和他的彬彬有礼一定遗传自他的母亲。我不知道她是不是英国人?我祈祷爱德华不受任何阴谋所害。因为如果最坏的情况发生,除了我还有谁知道爱德华已经选择了哪个阵营并肩战斗呢?

1846年4月6日

爸爸害怕革命——"革命一触即发。"他说。每天晚上当我躺下、昏昏欲睡之际，全国到处都有人正在策划可怕至极的行动，其中也包括我失踪的哥哥。谁知道呢，星期二的深夜帕特或许就在附近，正潜入爱林庄园的院子。他有没有把那些肖像钉在门上？即使不是他干的，即使他在离这里很远的地方，无论在哪儿，他都将反抗。我祈求上帝让他安然无恙。

我为那些我所爱的人的安全而忧心忡忡。出于不同的原因，他们都身处险境。妈妈病了，笨笨快要死了，帕特正冒着生命危险，而爱德华则可能会被杀死在他的床上，不为别的，只因为他是英国地主的儿子。

1846年4月7日

今天不用上班。很高兴能待在家里帮忙照顾小家伙们。我之前不曾注意到他们看起来全都是一副疏于照管的样子。妈妈虚弱的肺部令我担心。她经常咯血，可当我问起，她却不肯承认。她瘦得像根玉米秆似的，温柔、美丽的眼睛周围挂着黑眼圈。她的脸上长出了皱纹。那是因为困惑和悲伤。我前一分钟可以为她哭泣，下一分钟就能拿起武器战斗。

爸爸说我得丢掉笨笨。"把它领出巷子，在路边放走它，或者把它带到河边淹死它。我不想让这该死的畜生死在这儿。小家伙们会大惊小怪的。"可我做不到。我抱着它来到榆树环路，不久前我看见过一家子乞丐的那个地方。笨笨还没有我曾看见墨菲太太放在床上的细麻布床单重。我将它侧身安放在树下，它微微抬头，呼吸困难，用那双灰色的大眼睛看着我，我知道自己无法抛弃它。我情愿死的是自己。

"噢，我的笨笨，"我对它说，一边抚摸着它柔软、耷拉的耳朵，"无论发生什么，你永远不会伤害我，而我也不会伤害你。可我们该怎么办？"接着我心生一计。明天一早我要带着它穿过田野去爱林庄园，把它藏在马厩里。它不会惹麻烦，而且一窝稻草能让它暖暖和和、舒舒服服。它实在太虚弱了，不会四处乱跑、吵吵闹闹。如果运气好的话，大家会以为它本来就属于那里。我每天都会去看它，还能为它偷点残羹剩饭。可是，天知道，眼下根本没有所谓的残羹剩饭了。对一些大活人来说那就是一顿饭。

1846年4月8日

自从他父亲回来以后，爱德华和我几乎没说上一句话。我有种感觉，仿佛我们在图书馆的交流从未发生过，倒像是我在做梦。我看见他们两个在客厅深谈，不知道他们在说些什么。他父亲为什么回来？是因为时局不稳吗？他们是不是在计划逃离？

每件事都被一分为二。人们正站在不同的阵营，即便他们没有做出选择。这件事在所难免。这个国家正忍饥挨饿，那是事实。有些人拥有食物，有些人则一无所有。有些人尚有栖身之地，有些人则流落街头。

噢，天哪，要是他父亲回到这里是要带他走该怎么办？我舍不得他走。爱德华。这些天他在我心里的分量比帕特还要重……

妈妈咳嗽越来越严重了。我听到她晚上不停地干咳。自从艾琳去世以后，她的身体一直都不好。因为害怕爸爸生气，她从未提起帕特，不过，像我一样，她也思念着他。

1846年4月10日

今天早晨我正穿过爱林庄园的院子，手里攥着油腻腻、软黏黏的剩饭剩菜，我听见有人正压低了声音，急切地叫着我的名字。"菲利！"我愧疚地转过身，爱德华正身着骑马服大步向我走来。一看到他，我便心跳加速，但我又窘迫地意识到剩菜剩饭正从我的手指间渗出来。这些油腻的残羹冷炙不是我该拿的。站在官方立场，这是偷窃，这让我成了像玛丽一样的小偷。

"你要去哪儿？"他问。

匆忙间，我忘了自己原本要谎称穿过院子是为了去污水桶那里。

"去马厩。"我撒谎。

"我跟你一起去。我要跟你谈谈。"

我回头看看会不会有人正在注意我们。任何一个旁观者都会问爱德华·博尔顿和我之间能有什么交集。更何况我并非在去马厩的路上，而是要去草坪另一边的废弃谷仓，我把笨笨藏在了那里，它在那伸手不见五指的谷仓里不会受冻。我点了点头，调开视线，向前迈出一步。爱德华向我靠了过来。我以前从未在屋外遇见过他，而现在，走在他的身边，我既兴奋又局促不安。我的心像黄铜鼓似的怦怦跳个不停。

"这些天你在马厩有活要干吗，菲利？"

"也不是。"我不想对爱德华说谎，可我不知道他会对我正在做的事有何反应。

我们来到马厩，阴暗处休一边用他那发黑的手指检查一匹灰黑花斑母马的后蹄，一边在找一枚钉子或诸如此类的东西。母马烦躁不安。当休抬头看见爱德华和我的时候，他的眉头紧锁，疑惑地来回扫视着我俩。我快步往前走，赤裸的双足差一点被鹅卵石绊倒。

爱德华径直跟在我身后。"你要去哪儿？我以为你说要来马厩……"

"去鸡舍后面的谷仓。"我无暇解释，一路小跑了起来。

爱德华追上了我。"我得跟你谈谈，菲利。"他看起来一脸苦恼的样子，"给我一分钟，拜托。"

来到废弃的谷仓，我闪身走了进去，立时就被黑暗吞没了。待在这里让人感觉很安全。我做了个深呼吸。笨笨闻到了我的味道，呜咽了起来。我双膝跪地，摸索着向它躺着的地方爬去。身下的稻草沙沙作响，它心满意足地摇摆着尾巴。它狼吞虎咽地吃下从我手中滴落的食物时，高兴地轻轻叫唤起来。我在它身边蹲下。它已经独自在这里待了好几个小时，我害怕它会以为我已经将它抛弃了，于是一心只想抱抱它，让它安心，可我却不敢逗留。

"那是谁的狗？"

我不曾听见爱德华走近，还以为他会留在外面。我慢慢站了起来。

"请你别生气，爱德华。我知道整个爱尔兰都在挨饿，可我不能眼看着它死。我给它的食物只能勉强喂饱一只小鸟而已。"

笨笨的尾巴正拍打着被稻草覆盖的地面，期待我能多陪陪它。

"它是从哪里来的？"

"它是我的狗。别让我把它送走，我求你。"

爱德华笑了。"你本性慷慨，菲利，而且很有爱心。让这只狗留下吧，不过你做得对，不能告诉别人它的存在。或许会有人对它不怀好意。"接着他握住我的胳膊，"菲利，我一定要跟你谈谈。"

除了那天在图书馆爱德华向我展示他的废止证时他的手指扫过我的手以外，他从未碰过我。我一阵战栗，心里明白自己发抖并非因为阴暗的小屋。

"我父亲回来了。"他说。

当他领着我从黑暗走向光明时，我告诉他我已经见过他父亲好几次了。到谷仓入口的时候，我俩都停了一下，徘徊在屋内隐蔽的安全感中，仿佛某种直觉警告我们说我们的友谊已经超出了界线，而且随时都可能变得危险。

"我得走了。"他像是忘了我的存在,自言自语似的说。

"走?"

我无法忍受这个念头。我们的友情给我带来了那么多快乐。没有了他,我的人生就没有了意义,虽然我知道这么想愚蠢极了,而且大错特错。我得考虑自己的家人。他们才是我生命的意义。有一天,我不知道是什么时候,但将来总有一天,当饥荒过去,爱尔兰独立,我将重新和帕特一起沿河边散步,有说不完的话,听他的壮志豪情。可眼下战斗只在梦中才变得没那么可怕,而在我所有的梦中,都有爱德华的身影。

"你要跟你父亲去英格兰?"我问,因为他没有回答我的第一个问题。

"当然不是,菲利。我不是告诉过你爱尔兰是我的家吗?你必须相信我。我在这里有一项使命。可我父亲坚持要我跟他回去……"

我心里一沉。这正是我所害怕的。无论他怎么说,爱德华都要离开我了。

"因此,我必须消失一阵子。直到父亲放弃我,独自回伦敦去。"

我一言不发，试图面对他刚刚告诉我的现实。我已经失去了帕特，现在又要失去爱德华。请你带我一起走！这是我内心的呼喊，可我没有说出口。我得考虑我的家人。没有我的工资他们就活不下去，而且我母亲的身体正每况愈下，需要我帮她分担家务。帕特已经跟随着他内心坚定的信仰走了，因此我有责任留下来。

"谢谢你没说什么反对我在这里养狗的话。我得回去了，不然墨菲太太会找我的，笨笨也会被发现的。"

当我匆匆跑进明亮的日光中，跑过草丛和铺着鹅卵石的院子，跑向洗涤室开始工作时，泪水刺痛了我的眼睛。

1846年4月15日

爱德华依然快快乐乐地生活在庄园里。每天早晨，我来到庄园，总是害怕听到他离开的消息，可随着一天天过去,我的心渐渐平静了下来。那只是一次闲聊吧?我没办法问他,因为他没再试图找我,而我也不敢去见他。昨天,墨菲太太对年轻姑娘们同主人打情骂俏的行为做了一番评论,还说这样太不合礼仪。我红着脸,盯着地板,心里肯定她说的就是我。我已经没有心思写日记了,打算把这本日记束之高阁。我再也不应该分享秘密了。这么做有什么意义?我觉得情绪低落,而妈妈咳了一整夜。

1846年4月24日

爸爸和小休吉报名参加了工程委员会的项目,那是由英国政府组织的。这么做旨在创造工作机会,停止免费布施。

1846年4月26日

爸爸回家的时候筋疲力尽。天已经黑透了。他说工头命令他们花几天时间从几座山上把沉重的石头运到另一处，一些工人正在那里开沟挖渠。一条路即将建成。爸爸说不知它究竟通向哪里。他也不愿费这个脑筋。挣来的现金能帮助我们购买食物，度过即将到来的夏天。"总比乞讨要好。"他说，也就是说如果没有这笔钱我们或许就要沦落成乞丐了。我们大家都盼望着七月的到来，那时候新的庄稼就会开出白色的花朵，健康生长。我们咯咯笑着，幻想能从土地里挖出大土豆！很快，挨饿的日子就要结束了。

1846年4月30日

今天下午杰勒德把我拉到一边，悄悄告诉我，帕特很好，现在正住在蒂珀雷里！

"在哪儿？"我惊讶地大叫。蒂珀雷里的北部离这里并不远。下回休息的时候我就能步行去那儿。噢，又能跟我哥哥共度甜蜜时光了！

"我不能告诉你地址，不过告诉家里人他很安全，"杰勒德只肯透露这些，"你有一个正为爱尔兰的自由战斗的哥哥，菲利。你应该为此感到骄傲，别忘了自己站在哪个阵营。"

我怀疑杰勒德知道的不止他坦白的这些。很难知道谁和谁是同一阵线的。有谁会想到爱德华是站在我们这边的呢？可我真是太傻了！帕特的消息让我欣喜若狂，没有注意他后来说的几句话。杰勒德在警告我。一定是有关于爱德华和我的流言蜚语。我因为同一个外居地主的儿子交往而被说三道四！

妈妈要是知道帕特还活着，而且就在附近该多么高兴啊！我迫不及待地要把这个好消息告诉她，可今晚不行。今晚，我不会吵醒她，因为她睡得很香。

1846年5月1日

"有几个问题要问你。跟我来。"今天早上当我抵达庄园的时候，墨菲太太就是这样迎接我的。我想是因为这个星期由于妈妈的身体状况我已经迟到了三次，可却不是因为这件事。"有一根银烛台不见了！"

我跟着她脚步沉重地从过道走向博尔顿勋爵的书房。我们走进去的时候，木镶板和沉重的绿色窗帘遮住了屋外的光线,主人面朝窗户站着。他转身大步走向书桌。

"你可以走了,墨菲太太。"

墨菲太太行了个屈膝礼,狠狠瞪了我一眼,走了出去,让房门半开着。毫无疑问,这样她就能偷听了。可博尔顿勋爵不是傻瓜,他立刻就注意到了。

"把门关上,姑娘。"他一针见血地命令。

我服从命令,然后回身面对他。我的手心在出汗。刚跑过田野,我现在觉得好热,心怦怦跳个不停。我很害怕。虽然我没有犯错,可却觉得无地自容,并且害怕被人看出来。

"你叫什么名字?"勋爵坐在一张巨大的桃花心木书桌后面。他的态度严厉,用手指敲击着桌面。我紧张极了,连自己的名字也不记得了,差点把玛丽的名字脱口而出!不是要撒谎,只是因为我想到了她。我想一定是她偷了烛台。

"菲利斯·麦考马克,老爷。"我结结巴巴地说。

"你知道偷窃罪会被处以流放吗?"

我几乎震惊得晕厥。"可我什么都没偷!"

"什么都没偷?"

我记起了那些油腻的剩菜,想起谷仓里可怜的笨笨,想起我如何喂它吃从餐盘里刮下的残羹。那是偷窃吗?真正的偷窃罪?我会因此而受罚吗?他们一直在厨房谈论有多少年轻人因为偷了一个面包或一根麻绳而被流放。

"我在等你回答,姑娘。你从这屋里偷过东西没有?"

"没有,先生。"

"如果你坦白,我会对你宽大处理。你会因羞愧而被开除,但不会被起诉,也不会被流放。如果你不说实话,我会昭告天下你是个骗子,这就足够了。你会被关进斯派克岛监狱,手脚都被拴上锁链,等着坐船去塔斯马尼亚岛,你将在那里度过悲惨的余生,远离所有的家人和爱人。"他那字正腔圆的英国口音生硬而冷酷。

他所描绘的这幅图景足以强迫任何人供认他们不曾承认的罪行。我的膝盖在发抖。我想要爱德华在这里为我辩护。我思念帕特。我害怕博尔顿勋爵发现我为笨笨准备的剩饭。

他将如钢铁般的灰色眼眸定格在我身上,我发誓他一定很享受看到我的恐惧。"我没有偷,先生。"我重申。

"你走吧。"他说。

我冲向房门。

"等等!你就是那个跟我儿子待在一块儿虚度光阴的姑娘?"

我咽了口口水,手指焦躁不安地握着铜门球。"我跟他说过一两次话,先生。"是谁向他报告的?

"你是来拿钱工作的,姑娘。现在趁我因为你懒散的爱尔兰人本性解雇你之前滚出去。"

我行了个屈膝礼,逃也似的跑了出去,在身后重重地将门关上。我如释重负,却因为愤怒而血脉贲张。博尔顿勋爵对我说话的态度实在过分,没有人应该被这样对待。

回到厨房,所有人的眼睛都看着我,包括玛丽那讨人喜欢的眼神。她正拿着一篮子脏亚麻布,一定是在去洗衣房的路上。

"怎么样?"墨菲太太说,我转身却看到了玛丽。我知道她正在哀求我不要出卖她。

"我没有偷什么烛台。"我说,接着大步流星地走过去提起我的水桶。

过了一会儿,就在我喝完肉汤的时候,玛丽找到了我。我正在院子里,坐在一根石柱上休息,脚边放着扫帚。我选择独自一人一口口喝汤,因为我心如乱麻,需要安静地理清思绪。无论如何,这个中午阳光明媚,屋外也很暖和,而比起凉飕飕的洗涤室阴影处,我更喜欢这阳光,并且远离嘻嘻哈哈的雇工们。这暖意让我陷入了对去年夏天的愁思中。在土豆枯萎前,帕特还在家的时候,我曾经无忧无虑地跟他一起在芦苇丛生的温暖的河里洗澡,怀着美好的信念,以为生活将一直美满下去,不会有邪恶之物来伤害我们。

我再也不这么想了,而在那一刻,我怀疑自己是否还会重新尝到幸福的滋味。

与爱德华父亲的见面把我吓坏了。我原本因为种种事情心情沉重,可现在我还遭到了侮辱。我和我的家人又穷又饿，但这没什么好羞耻的，作为一个爱尔兰人我感到由衷的自豪。可是老爷跟我说话的样子仿佛我就是个无足轻重的人。我想起帕特和他对英国人的愤怒，以及英国人是如何对待我们的国家的，尽管我一向支持他的观点，却从未真正为此生过气。现在，我很愤怒。

"你在这儿。我一直在找你。"

我仰头看天，凝视着自由飞翔的鸟儿，正在问自己那种自由是什么感觉，完全沉浸在自己的思绪中。一想到我能飞上云端，心情便轻快了起来！于是我压根没有听见脚步声，玛丽轻柔的嗓音把我吓了一跳。

这里没有别的柱子能让她坐，于是她蹲在我脚边的鹅卵石路面上。

"那么你被盘问了烛台的事？"

"是的，而且我被怀疑了。"

"你觉得是我干的？"

我耸了耸肩，我当然这么想，可是她的一双蓝眼睛在恳求我想想她的优点。而对我来说，她究竟从爱德华的父亲那里偷了多少东西又与我何干?

"别让他抓住你。他绝不会手下留情。他用流放来威胁我。"

"好吧,他不用为要喂饱一个总是觉得饿的小孩而烦恼,不明白也不理解土豆枯萎病。你不会出卖我的,是不是,菲利?"

我摇摇头。"可是偷窃是犯罪,玛丽,记住。无论是因为什么样的状况。"

"是他们先偷了我们的土地!如果这片土地属于我们,我们就不用支付高昂的租金,也不会落入如此悲惨的境地。你必须明白这个道理,菲利。"

"我当然明白。"

"你哥哥一定已经对你说了。他跟我们在一起。他正在为爱尔兰而战,你最好别令他失望。"

我转身看她,不明白她为何如此激昂,可心里最大的疑问却是她怎么知道帕特,又对他知道多少,我可从未跟她提起过他。我想起杰勒德曾说帕特在蒂珀雷里很安全。难道只有我和我的家人不知道他的音信吗?

"关于我哥哥你知道些什么？"我问。

玛丽垂下眼帘，挖着地上的鹅卵石。

"你有他的消息吗，玛丽？要是有，求你告诉我。"

我等着她开口，终于，她轻声说："他被通缉了，菲利。"

我的心开始狂跳。"通缉？通缉是什么意思？"

"墨菲太太说你妈病了，你忧心忡忡，让我们什么都别告诉你。"

这个消息让我目瞪口呆。我想象着所有的雇工聚集在厨房的大木桌周围，大口喝着汤，喋喋不休地说着闲言碎语，这正是他们的习惯。可谈论我！我从未想过有这种可能性！这些对话发生的时候我在哪里？

"好了，你已经开了个头，不能就这样一走了之。什么样的通缉，玛丽？一五一十地告诉我吧，否则别指望我替你保守秘密。"我不假思索地说，根本没有想到要威胁她。我需要知道帕特的消息，"对不起，我不该说这话。"

"军队在追他。他躲起来了。"

"在蒂珀雷里？"

她点了点头。

我感觉泪水刺痛了眼睛。"真高兴他还活着,"这是我开口能说的第一句话,接着,我又问道:"他为什么被通缉?"

"抢劫。他们一旦抓住他,就会向他施以重刑,可他却是让你骄傲的哥哥,菲利。"

1846年5月2日

今早出门上班前我悄悄来到妈妈的身边。她的脸色苍白,还发着烧。

"帕特在蒂珀雷里,"我在她耳畔低声说,当我的嘴唇碰到她的耳朵时,感觉到她的热度和脸颊上的汗湿,"他很好很安全。"

她仰起美丽的脸庞看向我,眼睛里洋溢着期待,我觉得自己如鲠在喉。妈妈的样子让我想起了笨笨,在我把它带去谷仓前,它在榆树下奄奄一息。

妈妈要死了吗?直到现在,我才第一次考虑到这个可怕的可能性。

"啊，菲利，"她哑着嗓子说，"要是能看见他从那扇门里走进来，我愿意付出一切代价……"接着她开始剧烈地咳嗽，鲜血从她的嘴唇滴落。我尽自己最大的努力，用我那污迹斑斑、破破烂烂的衬裙轻轻拭去血迹。

"嘘，妈妈。"我用手掌轻抚她又热又湿的额头。

她闭上眼睛，仿佛我的触碰令她平静了下来，而我则祈祷关于帕特的消息已让她放心，而不是令她徒增烦恼。

我脚步沉重地穿过田野去工作。路上，我不止一次停下脚步环视四周。这样一片美丽富饶的土地怎么会导致饥荒和疾病？我不知道答案。毫无疑问，帕特和爱德华一定会用一千个理由回答我的问题，他们两个都懂政治，然而此时此刻，我却看不透他们眼中的世界。我所看到的只有残忍和生活的不公，我一边艰难跋涉，一边为我母亲的痛苦，为我自己而潸然泪下。

我好几天都没看见爱德华的影子了，可没人提起关于他的事，因此我想他应该还没有走。他会在哪儿呢？每天我溜去谷仓喂笨笨的时候，都希望他会在那里等我，可他从未出现过。这只是我愚蠢的幻想罢了。

1846年5月10日

今天是我的生日。我的日记本整整一岁了。我真的只有十五岁吗？我觉得过去的一年给我带来了巨大的变化。

1846年5月14日

玛丽被逮捕了！今天警察来找她，四个穿着制服的男人敲响了厨房的门。"你被捕了。"其中一个大叫，并粗暴地抓住了她。可怜的玛丽开始为她的小露西痛哭流涕。厨房里很安静，没有人站出来帮忙。我也一样，我为此感到羞愧，可我不知道该如何为她辩护。我知道她有罪。就她的偷窃行为来说她的确有罪，可她需要养活饥肠辘辘的孩子，在这一点上她是无罪的。爱德华得说服他父亲撤回指控,让她回来继续工作。可爱德华在哪里?谁来照顾玛丽的宝宝?她有家人吗?生活变得如此残酷。

1846年5月15日

今天早上爱德华竟然出现在图书馆!我强忍住欢呼着跑向他的冲动。我渴望跟他说话;我要说的话那么多,可是觉得说什么都不再安全了。必须等他来找我。自从上次交谈已经过去一个月了。

1846年5月17日

今天中午餐桌上的流言蜚语都是关于玛丽的。她已经被送去了位于蒂珀雷里镇上的监狱。她的案子将在地方法庭开审,几乎可以肯定,她将被判定有罪,然后被驱逐出境。地方法官和陪审团似乎对那些偷窃主人和雇主东西的人量刑更重。因此,她被关在爱尔兰监狱的可能性微乎其微。

如果知道帕特躲在哪里，我一定会出发寻找他，也一定会去看望玛丽。她一定对未来的状况忧心忡忡。乘着一艘流放船去往世界的另一端！庄园里的人似乎都不知道她女儿是否跟她在一起。我以前不敢问孩子父亲的事，而现在我真的不明白自己为什么不曾问过玛丽。我想，我原本是不想打探她的私生活，我对自己的事已经照顾不暇了。

我的肚子很饿，可是当我听说她和十几个招供的罪犯一起被囚禁在一辆货运马车上离去的时候，我连一口汤都咽不下了。

我把碗放回原处，恍惚着走出厨房。我没有东西喂笨笨，但还是向谷仓走去。我需要它的陪伴所带来的慰藉，也希望它能原谅我的两手空空。

黑暗中，我独自一人躺在它的身旁，轻抚着它，对它说着悄悄话，不由得泪水滑下脸庞。如果是我被冠上玛丽的罪名，坐着那辆马车被带去蒂珀雷里监狱会怎么样？我为她和她的将来伤心难过。

"你在哭吗，菲利？"

我不敢相信自己的耳朵。穿过黑暗飘向我的正是爱德华温柔的声音。我依旧躺着,没有回答。我开不了口。"菲利?是你吗?"他离我更近了。笨笨挣扎着站起来迎接他,可我却紧挨着狗狗的身体,把泪痕斑斑的脸埋在笨笨的皮毛中。当爱德华跪下的时候,我听到稻草发出的沙沙声。他把手搁在我的脑袋上,轻抚我的头发。有那么一会儿,我们就保持着这样的姿势,在他的触碰下我平静了下来。

"你去哪儿了?"我终于问道。

"都柏林。你真应该去那里,菲利。好多次我都希望你也在。"

这么说,他没有完全忘了我?噢,真高兴能再见到他。我无数次地希望我们能一起待在这里。我害羞地转向他。我的眼睛又痛又肿。一根稻草刺到了我泪湿的脸颊——肯定是这样,爱德华用手滑过我的头发,将稻草拂去了。

"你好,菲利。"他低声说。笨笨趴在我的身上,一边舔着爱德华的手指。我的脸上沾到了狗狗的口水,可我不在乎。

"我想你了。"我不假思索地脱口而出。

"我也想你。你会因为我所见所闻的一切而大受鼓舞的,菲利。我亲眼见证了托马斯·米格尔的演讲。我就站在他面前,周围是青年爱尔兰组织的成员,我将永生难忘。现在,我很清楚长久以来自己内心的想法。我属于爱尔兰,我将为此奋战。"

失望席卷了我的心。爱德华想念我,仅仅是因为我是他的朋友,他的乡下姑娘伙伴?我代表了这些人,代表着他为之奋斗的目标?抑或他想念我是因为他爱我,就像我爱他一样?这些问题都没有答案。它们只存在于我的脑海中,甚至都没有说出口。

"那英格兰和你父亲呢?"我问。这么问很安全。

"如果他不听,不让我过自己想要的生活,我就告诉他我同意去伦敦。"

我立刻坐了起来。笨笨呜咽了一声,在离我几英尺的地方重新安顿了下来。"你要走?"

"嘘,菲利,你什么时候才能有点儿耐心!不,我会让他相信我同意了他的安排。我会先他一步或晚他一步独自出发——找个借口不跟他一起,然后我就直接去都柏林,在那里安家,开始我的事业。"

"什么事业？"

"我已经加入了青年爱尔兰。我可以为《民族报》撰稿，或者他们也会为我找到其他工作。工作性质并不重要。只要我跟他们在一起。"

"那你的学业怎么办，爱德华？"

"等爱尔兰获得自由独立以后有的是时间学习。"

因为爱德华有这样的热情和献身精神我本应该为爱尔兰感到高兴——我之所以能写下这些，是因为这本日记是用来记录最隐秘想法的，只有我自己可以看——但我的想法很自私，也很害怕失去。我希望爱德华为爱尔兰而战，但我不想爱上一个跟帕特一样一心扑在国家大事上的人。当然，我以前从没这么想过，只是想象着如果我是一个被帕特吸引、爱着他的姑娘而不是他妹妹会怎样。帕特的心里容不下姑娘们。爱尔兰就是他的爱人，似乎我也选择了一个跟他做出同样承诺的人。我为爱尔兰高兴，却为自己感到沮丧。

我必须耐心一些。如果在爱德华心中我就是个赤褐色头发、长着雀斑的同伴，那么就这样好了，只要在他身边，什么身份都可以，我只祈祷当爱尔兰获得自由、人民安居乐业的时候，他会发现他爱着我。这是我现在能期待的最好结果。我要做爱德华忠实的朋友，我要等待爱情。

1846年5月20日

爸爸和休吉自从开始修路以来，不到深更半夜都不会回家，于是只有几个小家伙来照顾妈妈。我很担心，不过今天我看见九岁的格雷丝已经是家里的壮劳力了。她淘气地开着玩笑，让妈妈高兴。我想当妹妹讲故事、唠里唠叨、表演民谣的时候，一定不知道自己多么诙谐。今晚提摩西神父突然来我家带妈妈去吃了圣餐。他对我嘀咕了一些关于帕特的事，可我假装自己一无所知，而他也没有重复。我怀疑教会已经不能为人们再做什么了。他们就不能组织起来，反对英国政府吗？

大饥荒

1846年5月25日

爸爸今晚看起来忧心忡忡。最后他终于忍不住告诉我们,自从上工后的第二个星期,他和休吉便再也没有拿到过工钱了。我简直不敢相信!为了填饱肚子,也为了摆脱施舍,很多人都报名参加了这项工程——人数太多,以至于监工都记录不过来了。监工被雇来计算每个劳工每日的工作量,可他们却根本无法赶上进度。最要紧的是,也没有足够的钱用来支付工资。我气坏了。爸爸每天都扛着沉重的石头,把自己弄得形销骨立,我们却一分钱都拿不到。他还老是气喘。幸运的是,休吉的体力尚能支撑这项劳动。

1846年6月3日

今天晚上我穿过田野回家时,发现爱德华背靠一株大橡树,正蹲在地上读书。他说他一直在等我,并提出要送我回家。因为妈妈的身体状况,我知道自己不应该在外游荡，却还是答应了。我们散着步，在温暖而晴朗的夜空下愉快地交谈。刚刚长出来的植物在夕阳的映照下变成了金绿色。我一路心情舒畅，直到爱德华告诉我关于他的事。英国剑桥大学正招他去学习法律。

我的脚步停滞了。我做了个深呼吸。"你父亲一定很高兴。"我回答，努力控制自己的情绪。

"是的，我把信拿给他看的时候他很高兴。"

"你什么时候走？"

"我没打算去。可如果我真的要去，将从十月开始上课。"

我们沉默着走了一段路，干燥的夏日青草在脚下咯吱作响。

"我明天一早就要出发去都柏林了，菲利。"

"明天一早！"

"你好像很惊讶，可我已经告诉过你我的计划了。"

"是的，你说过。那么现在……现在你父亲知道你渴望去都柏林工作，不打算回伦敦吗？"

"不，他会阻止我的。实际上，他坚持要我一个月内从都柏林回来，准备出发去英格兰。当然，我是不会回来的。"

"是的，你当然不会回来。"我的心头一沉。我何时才能再看见他？"那么你会为《民族报》工作吗？"

"只有完成卑微的任务才能让我有容身之处，菲利。我会干些送信取件的杂活，协助编辑约翰·米切尔。我要待在青年爱尔兰运动诞生的地方，学习报业和新闻业。这将会是一场大冒险。"

"是啊，祝你一切顺利。"我艰难地说。

他要告诉我的就是这些，我们走到小路中央停了下来，茂盛的青草轻触着我们的双足和脚踝。爱德华把手放在我的肩上，凝视着我的脸。我感觉到夕阳照在我的雀斑上，也感觉到心里的痛楚。

"好好照顾自己，菲利。我会给你写信的，答应我你一定要回信。"

我们像兄妹般拥抱，然后告别。我不禁注意到爱德华眼里的兴奋和欢乐。我祝他一切都好，同意与他保持联系，接着继续走自己的路。无论在英格兰还是都柏林，爱德华都会前程似锦。我们的世界将相隔万里。

1846年6月13日

英格兰郊外新建了一座名为巴特斯公园的游乐园供伦敦人参观，其费用是英国政府拨给爱尔兰救济金数额总和的两倍。

今天是爱德华离开的第九天。我没有心思写日记。我好想他。

1846年6月17日

爱德华杳无音讯。今天我站在他的图书馆里，回忆往昔的时光。即便有那么多书，这里也似乎空空荡荡。

1846年6月20日

终于！一封来自爱德华的亲笔信——收信人写了我的名字——由墨菲太太转交给了我。当厨房里只有我们两个人的时候,她把信递给了我。我留心着她的眼神,可那里却没有会让我害怕的评判的意味。她知道是谁寄给我的吗?我这辈子还从未收过信呢!我迫不及待地想用颤抖的手指撕开信封,可我却把它藏在了衣服里,仿佛这只是件无足轻重的东西,我掩盖自己的不耐烦,静静地期待即将到来的消息。

午后,我躲在藏笨笨的谷仓里,盘腿坐在地上。当我靠着木质外墙,眺望着博尔顿连绵的土地,打开信的时候,我那四条腿的伙伴正在我的身边打瞌睡。信上说:

亲爱的菲利:

我要用多少张纸才能把有关我的所有消息都告诉你呢?我现在的生活既充实又刺激!我参加了每周在调停大厅举行的废止会议。包括我心中的英雄托马斯·米格尔在内的青年爱尔兰成员们奋力抵制奥康奈尔和辉格党的结盟。米格尔发表了热情洋溢的演讲,其雄辩绝不亚于奥康奈尔。米格尔长相英俊,朝气蓬勃,今年只有二十二岁,可他却统帅着会议室里的所有人!四年后我到了他的年纪，能否也具备我在托马斯·弗朗西斯·米格尔和他的伙伴身上所见证的勇气和精神呢？为这些人工作，与他们并肩战斗是我的荣幸。你真应该来这儿……

我抬眼一瞥，一只奶油色的蝴蝶从我眼前飞过，我轻抚了下笨笨灰色的皮毛。我多想跟爱德华一起走在都柏林的大街小巷。多么美好的梦想！

很多人声称爱尔兰无可争议的领导人还是丹尼尔·奥康奈尔，可也有几乎同样多的人视米格尔为表达民众关注焦点的勇敢之声。如你所知，菲利，我站在米格尔这边。还有威廉·史密斯·奥布莱恩，他已经不再是中立人士了。他现在全心全意地加入了青年爱尔兰。如我所预料的，我干的是微不足道的杂活，可我一点也不在乎。《民族报》的办公室里塞满了文章、法律书籍和各种著作，年轻人友好地探讨和辩论。有一两个与众不同的年轻女性偶尔会顺道来访。她们是来投稿的,主要是诗歌。我觉得自己过去的生活实在太过闭塞,因为我从未遇见过如此优雅率真的人!他们都有自己的笔名,这些名字令他们更具魅力。

读到这里我停了下来,一气之下将信扔在膝上。哦,爱德华!我失去你不是因为英格兰或其他,而是因为一个会写诗的优雅年轻女士?

我们在都柏林收到消息,饥荒持续蔓延,皮尔未遵从来自伦敦的严格指令,打开了印度玉米仓库,食物被卖给挨饿的人家。人们被迫卖掉自己身上穿戴的衣服来购买粮食。多么令人震惊的现实,你也这么想吧?

我们,青年爱尔兰,正在这里为国家的主权和人权而战,可我们一定要记住绝大多数人已经对政治不屑一顾了。他们的思想和被踩躏的肉体都被一种绝望的想法占据了:食物,以及如何得到它。

我希望你和你的家人能挨过这段艰难的时

光。尽管微薄,但幸好你有一份薪水。你的父亲和弟弟也有工作,可是似乎成千个为工程部工作的人都没有得到报酬。有消息说因为没有钱买吃的,不少人死于劳作。发生这样的事真是可耻。

给我写信,菲利。我渴望听到你的消息,以及跟你有关的一切。

你亲爱的朋友
爱德华

我折起羊皮信纸,将它放进衣服里。我注视着遥远地平线上的蓝天和从我眼前飘过的云朵,脑子里回荡着他的落款:你亲爱的朋友,爱德华。我在期望什么?一封情书?

1846年6月24日

还有十一个星期我们就要开始收割新的土豆了。到那时恐怖的饥荒就会结束,可爱德华说得没错:我和我的家人都有工作,已经比大多数人都幸运得多了。

1846年6月30日

亲爱的爱德华：

对不起，这么晚才给你回信。我实在有太多杂活要干，到了晚上总是筋疲力尽。

你有没有听说你父亲已经回伦敦了？我不知道他是打算在不久的将来回爱尔兰还是在那里等你。没有人提起，我也不能问，因为你的秘密就是我的，我也不曾把你的下落向任何人透露一个字。你和你的父亲都不在，墨菲太太便成了一家之主，她似乎对此十分心满意足！

我母亲太可怜了。幸好过去六个月我挣来的那几个先令让我们不至于穷困潦倒，中午我还有蔬菜汤和面包吃，这样的话我在家里不吃饭也行，尽管吃得太少让我体力不支。爸爸和休吉还是没能拿到工钱，他们已经在烈日下挖了几个星期的壕沟了。看来你所听说的人们因为没钱买吃的在劳作的时候暴毙都是真的。我试图说服爸爸放弃这份工作,可他却相信在不久的将来会拿到工资的。我可没那么乐观,因为监工已经辞职了,并且说他已经同雇主失去了联系。英国政府知道这混乱的局面吗?为什么不为报纸写一篇关于此事的文章呢?我没有别的消息要告诉你,只是梦想着能瞧一瞧都柏林的大街小巷。我为你的幸福祈祷。尽快回信。

你的菲利

1846年7月14日

"去找帕特,菲利,让他回来再看妈妈一眼。"哦,母亲的话让我心乱如麻。我的心就像一只愤怒的昆虫被困在一只容器中不得脱身般烦躁不安。我不忍细想她的话,试图说服自己这只是她发烧时说的胡话,可我不是傻瓜。她的眼睛水汪汪的,眼神缥缈。

我让格雷丝照顾妈妈,直接去了墨菲太太那里,她说她听说我母亲病情危重,为此感到遗憾。

"要是我离开几天去接帕特回来,"我问她,"我会失去工作吗?"

"你知道他在哪里吗,孩子?"

"我想去蒂珀雷里试试。"

"蒂珀雷里很大,姑娘。你打算怎么找他?"

我耸了耸肩。杰勒德说过帕特就在那里,可那是几个星期之前的事了,而我也不打算在墨菲太太面前提起杰勒德的名字,因为这会把他同一个秘密组织联系起来。

"谁跟你一起去?"

"我弟弟,休吉。"我撒谎说。

墨菲太太看我咬着自己参差不齐的指甲。我知道她正在考虑我的处境。

"主人不在,不会知道你的缺勤,"她说,"因此也没有道理不给你那点可怜的工钱。我敢肯定要是爱德华少爷在,他一定会这么吩咐的……"

我不敢看她的眼睛,害怕她会期望我与她分享一则关于爱德华的花边新闻,以此报答她的慷慨,可我不能出卖爱德华——不惜一切代价。

"谢谢,墨菲太太。"我含含糊糊地说,打算离开。

接着我想起了笨笨。以前为了防身，也为了有个伴，我一定会带上它。现在，我知道它已经没有力气长途跋涉了。可是，我去哪里为它找吃的呢？要是把它独自留在谷仓里，我这一去也不知什么时候才能回来，它可能会活活饿死，可要是把它带回家，爸会杀了我的……

"菲利，去跟杰勒德谈谈。"

我吃了一惊。"谈什么？"

"他在花园里。如果花园锁起来了，喊他一下。你走之前，再回来一趟。"

进入红色砖墙的花园要经过一扇木门。钥匙插在锁里，因此我无须招呼和停留便走了进去。空气因为闷热而变得沉重，飘散着成熟的瓜果和蔬菜的气息。我的胃和感官习惯了粗茶淡饭，这股甜美的味道令我头晕目眩。远处传来"砰"的一声，我循着声音找去，杰勒德正在花园深处挖地。当我走近的时候，一大群苍蝇在他头顶围着一堆肥料乱飞，采集花粉的蜜蜂在我的耳边嗡嗡作响。它们可不会饿肚子！

"菲利！"

"我得去找帕特，"我单刀直入地说，闷热的空气和陌生的香气让我头晕,"你知道他在哪儿吗?"

"蒂珀雷里。"杰勒德说,他把干草叉扔在地上,从布满了皱纹、黝黑的额头上将汗水抹去。

"你知道地址吗?"

"去马利纳洪。你会在那里找到他的。"

"马利纳洪的哪儿——"

"那是个小地方。你会找到他的。"

我谢过他,沿着围绕菜圃的小径回去了。我不知道杰勒德还知道些什么。

"祝你好运!"他大声说。我挥了挥手,离开了花园。爱尔兰各地有许多人都在饥饿和疾病中垂死挣扎,包括我自己的母亲,于是庄园丰富的物产让我心里不痛快。

回到厨房,墨菲太太已经为我准备好了一个包裹。她跑来跑去,慌慌张张,好像要启程的人是她。"这些食物够你俩吃几天。贴身藏好了,不然会被人抢去的。我会给你家里送吃的去。你家人不会饿肚子的。你不在的时候你的那份口粮没人吃,我会送给你家里人。会有汤给你妈喝的。可你得赶快回来,不然我得费一番口舌解释,听到了吗?这是在拿我的生计冒险。"

我点点头,将她准备的食物收进包裹。她严厉的话语中却深藏着对我和家人的仁慈慷慨。我快步向门口走去。我还有一件事要安排。

"还有,菲利……"

"什么,墨菲太太?"

"我们会替你喂养那只讨厌的小狗。现在,出发吧。"

我用力抱了抱笨笨,向它保证它会得到妥善的照顾,在它想我之前我就会回来。这之后,我把食物包裹藏在裙子里,疾步穿过田野。已经快十一点了。我打算在中午前出发。

到家的时候,格雷丝正坐在妈妈的床边为她讲故事,妈妈闭着眼睛微笑着——可是笑容并不灿烂,因为大笑会让她咳嗽。

"米奇呢?"我问格雷丝。

"去河边捉鱼了。"

"让他乖乖的。我一两天就回来。"

格雷丝吓坏了，一下跳了起来。"你要去哪儿？"

"嘘，你会吵到妈妈的。过来。"我把墨菲太太的食物包裹递给她。她一脸迷惑。"这是从庄园拿来的。"我从里面拿了一大块面包，放在了口袋里。我想把其余食物都留给家人。我可不想遭遇抢劫，这样这些食物就白拿了。"妈妈，"我说着来到她的床边，"我会跟帕特一起回来的。你一定要保持体力。"

她闭着眼睛点了点头，我吻了吻她。

当我寻找这本日记和铅笔的时候，格雷丝紧跟着我。"爸爸知道这事儿吗？"她焦急地压低声音问。

我摇了摇头。"让他不要烦心。我会尽快跟帕特一起回来的。"我抱了抱她，快步走进了温暖的晨光中，决定一心只向前看。

1846年7月15日

直到昨晚，我才终于走进蒂珀雷里的地界。我经过了一个叫作坦普尔杜海的小镇郊外，在河边坐了一会儿。这里土地肥沃，是一片富饶的农田。眺望群山，一切是那样平和，我几乎以为这里并非那个被饥荒折磨的国家了。

昨晚我吃了半块面包，睡在一座石头谷仓外屋的稻草上，可因为气味难闻，还有点儿害怕，我几乎没有闭眼。今天早上我找到了一些还没熟的黑莓，虽然又绿又硬，却让我有了早餐。今天，我朝着南方一路快走，除了沿路喝了几口溪水，几乎没有停留。我经过好几个村庄，那里有许多废弃的房屋。那些一动不动坐在蜿蜒路边的人，脸上都写着饥荒二字。真是触目惊心。我遇到了许多乞丐，有一两次，我忍不住想把面包分给他们一些，但理智阻止了我。因为要是不吃东西，我就没有力气走到马利纳洪。现在面包已经变硬了，这样更好，因为我得大嚼特嚼，这样我的胃就会觉得吃得比平常多。我独自一人做这件事，简直不可思议。

1846年7月16日

许多人都在乡下四处寻找食物，而我今晚觉得浑身虚弱。我的肚子咕咕叫个不停，可是已经没有面包了。今天没走多少路。我只能把希望寄托在今夜抵达马利纳洪上，可是却还要穿过斯利艾夫达格群山，于是被拖慢了脚步。

今晚我风餐露宿。感谢上帝，幸好天气干燥，我不用把脑袋搁在潮湿的地面上。因为海拔高，山里很冷，可星星却很明亮。此刻我仰头望天，幻想着身在都柏林的爱德华跟我处于同一片天空下。一想到他，我便有了信心。

我迫不及待地想要再见到我亲爱的哥哥。于是，我鲁莽地开始了这段旅程。为了妈妈，也因为担心她的病情，我一心只想找到帕特。我不敢想当爸爸回到家发现我不见了以后会说些什么。知道墨菲太太会给家里送口粮，令我安心不少。

1846年7月17日

今天一早我抵达了马利纳洪，可没有一个人听说过帕特的名字。最后，我敲响了教堂的大门。教区牧师一定知道自己教区居民的去向，可当我说出帕特的名字时，这个胖乎乎的家伙眯着眼睛，恶狠狠地看着我，质问了我一番："你为什么独自旅行？你跟家人失散了吗？"

我把双手放在背后，绞着手指，点了点头，希望他会同情我，给我点吃的。于是他把我领到了他的大厨房。上帝原谅我撒了个小谎！我狼吞虎咽地吃了面包，喝了卷心菜汤，却故意回避他和女管家的问题，只说自己来自罗斯克雷南边的皇后村，艰难跋涉了四十英里来到这里。

"我一定要找到我哥哥。他就住在马利纳洪。你肯定见过他，是不是？"我没有告诉他们帕特或许正在东躲西藏，不过我还是明显感到提起他的名字触怒了这个胖牧师。我一天内第二十次描述帕特的金头发、肌肉发达的高大身材和会说话的眼睛，可牧师只是多疑地瞪着我。他身后的女管家避开我的视线。他们的举止令我心生疑窦。

后来，我坐在教堂外的地上听着钟声敲响，不知道接下来该怎么办。要是杰勒德不确定帕特就在这里，又为何让我到这儿来找帕特？他几个星期前第一次给我线索的时候我就应该找出更多的信息。真是太愚蠢了，竟然毫无准备就贸然出发。一方面，我牵挂着妈妈，不知道是否应该回家；另一方面，我又想跟帕特一起回去，或至少带回关于他的消息。不然妈妈会伤心的。

如果他的落脚点就在附近的什么地方，我要怎样才能找到他呢？真是棘手。帕特会不会已经被逮捕了？我离开教堂，再次在马利纳洪的中心街道搜寻，偶然间发现了警察局。我鼓起勇气进去打听了一下，却碰了一鼻子灰。失望占据了我的心。我在自由市场发现了一处水泵，喝点水解了渴，然后快步向北边住家的方向走去。就在这时我瞥见牧师的管家正匆匆走在街上。她没有看见我，折进了一条巷子，在正午的阳光中消失了。我喊了她一声，但她没有听见。于是我尾随其后，当她在一间白色小屋前放慢脚步的时候追上了她。我一定把她吓了一跳，因为她生气地责骂道："你为什么跟着我？"

我被她的凶神恶煞吓坏了。爱尔兰人平常可不这样说话。我们以对陌生人友好为傲。即便在眼下的困难时期,我也不曾料到会有人说话这么难听。这让我确信她跟那个牧师肯定知道更多内情。

"妈妈病得很重。她恳求我找到哥哥,把他带回家见她一面。"

她直直看进我的眼里,不带一丝同情。

"如果他身陷囹圄,"我孤注一掷地说,"我也得知道,因为我必须带回他的消息。"

"警察抓住了他和他的同伴。毫无疑问,他会烂在监狱里的。"

几个星期前,博尔顿勋爵审问我的那天,玛丽蹲在我脚边,轻声对我说:"他被通缉了,菲利。"此刻她的话萦绕在我的心头。

"哪个监狱?"我有气无力地问。我想起了那个穿着制服的男人敲响了我们的家门,谈及因反英国罪而被流放。

"蒂珀雷里,这没什么好奇怪的。"

我没说谢谢便转身离开。走出小镇的时候已经是正午了,我边跑边问路:"去蒂珀雷里走哪条路?"

"一直往西走。等你到了卡谢尔会看到一条直道。"

我问了好几个人帕特的名字。他们不是摇头，就是避开我的视线。我觉得他们都没有同情心。

"远吗？"

"要走一天。"

于是我来到了这里，蒂珀雷里监狱。如果帕特在那儿，那我就总算有了他的消息。如果他不在，我就去看玛丽。在路上多花一天时间不会让我失去工作，也不会让爸爸妈妈更烦恼。

1846年7月18日

我花了不到一天的时间就来到了蒂珀雷里。沿着公路和小径，我经过了几十户住在寮屋区的人家，他们有的在茅屋外缩成一团，有的在田野里寻找任何可以充饥的食物。可怜的人啊！许多人住在路边的壕沟里，除了有几块草皮和折断的树枝遮风避雨以外，一无所有。在一座刮着大风的山丘上，我经过一辆载着十几具赤裸尸体的马车，一定是饥荒和风寒的遇难者，有孩子有大人。这让我想起了小艾琳，她去世似乎已是上辈子的事了，但其实只过了几个月而已。感谢上帝，距离新的收获期只有几星期了。

我第一次踏足蒂珀雷里监狱，它令我感到恶心。我解释说自己来这儿是为了寻找我哥哥，报了帕特的名字，等待着，与此同时看门人翻查着名册。最后，他摇了摇头。这让急切寻找哥哥的我松了一大口气，让我重新有了希望，帕特或许还是自由之身。接着我又打听了玛丽的事。干瘪的看门人翻找了另一张名单。最后，他点了点头。"她在这儿。"

"我能看看她吗？"

我由一个走路一瘸一拐、连连干咳的女看守领着穿过走廊。这里没有窗户，气味也不大好闻。每条走廊都挤满了来探监的人——我想是亲戚和家里人吧。我吃惊地看见那么多孩子和母亲一起住在逼仄的牢房里。女人们紧贴着栅栏，哀号着，而她们的孩子则尖叫着用铁皮拍打着栅栏。

"她们在干什么？"我大声问走在前面带路的瘸腿

女人。

"要吃的。"她既没有看那些囚犯，也没有看我，回答道。

我们沿着狭窄的走廊一路行进，走向监狱的中心区域。回荡在石壁间的回声变得越来越大，尤其是不绝于耳的叮当声和钥匙转动的声音。我看见了玛丽，但她还没有注意到我，我正要喊她，突然有点畏缩，因为我被她的样子吓坏了。她脸色苍白，跟我妈妈一样消瘦，原本明亮的蓝眼睛已然黯淡无光。她的脸上混杂着紧张和恐惧，发现我来了，她看起来高兴极了。巨大的铁钥匙转动，她走出囚室。我们像失散已久的姐妹般拥抱。

"什么风把你吹到蒂珀雷里来的，菲利？"要从四面八方此起彼伏的尖叫声中辨认出玛丽温柔的声音并非易事。

"为了找帕特。我妈妈病得很重。"

她突然跌坐在地上，将脸埋在双手之间，整个人都开始颤抖起来，似乎这个消息令她一蹶不振。片刻之后我才意识到她在哭泣。我弯腰轻抚她的头发。

"我想他不在这儿。"

"感谢上帝。你被判了什么刑罚?"我小心翼翼地问。

"流放。十五年。"

我心里一沉。"十……为什么那么久?"

"因为我被揭发偷了银烛台,也因为博尔顿公爵没有为我求情。"

我羞愧地闭上眼睛,因为我没有把她的事告诉爱德华,这原本对我来说只是举手之劳。

"幸好露西会跟我一起去。"

"你还得在这儿待多久?"

"直到我被分配给一艘船,然后就会被带到不知哪个港口,关在那里,一直等到可以上船的时候。起航之前我可能还要在船舱里待上几个星期,每天只能在甲板上散一次步。好害怕没有新鲜空气和自然采光的日子。有些人在航行中会生病或死亡,因为这一走就是好几个月。还有老鼠!我害怕老鼠!哦,菲利,我祈求上帝他们没有可用的轮船,会把我留在这里。我害怕被流放。别盯着我看,菲利,求你……"

"对不起,我……"

"我知道你警告过我偷东西是违法的,真希望自己当时听了你的话,可现在已经太迟了。我偷东西是为了养活露西。"

她说话的时候我一直在问自己何种正义可以将这样的刑罚加诸在一个母亲和孩子身上?我们互相告别。我紧紧地拥抱了她,听见她在我的耳边抽泣。

"那么你没有帕特的消息吗?"

她摇了摇头。

"他是不是离开马利纳洪了?"

"不,教区牧师向警察告发他和他的五个同伴以后,他们便各奔东西了。他们因叛国罪而被通缉。"

"牧师!"

"是的,他和其他神职人员担心一旦英国被爱尔兰反国家活动激怒,他们就会遭殃。英国政府资助教会的培训学院。"

"你是怎么知道的?"

"我丈夫托马斯,是跟帕特一起被通缉的五个人之一。"

现在我终于明白了为什么没有人保护她和宝宝，为什么她被迫要去偷窃。

"真高兴你能来，"她低声说，"我会一直记住你的恩惠。"说完，她转身，消失在一大群走过来的女人之中。我不再逗留，挤出人群，离开了那个可怕的地方。

1846年7月20日

绝大多数女囚都是初犯。大部分人都因偷窃而被定罪。几乎每一个罪犯都是为了挣钱给家人买吃的。当局对她们犯罪的原因视若无睹。我难过地想，这太残酷了。

我虽然是个姑娘，但还是愤怒得血脉贲张。如果我是男儿身，我会为爱尔兰而战！感谢上帝，我踏上了回家的路。

1846年7月20日晚上

眼前的景象一定是我被迫目睹的最为凄惨的一幕

了。今天晚上我回到家，发现我们的小屋已被大火夷为平地，家人消失得无影无踪。现场几乎找不到任何证据表明我们曾在这里生活过——只剩下一些冒着烟的灰烬而已。

1846年7月21日

昨天，震惊过后，我不顾一切地奔向爱林庄园，打听家人的消息。到的时候天已经黑了。墨菲太太将我紧紧拥在怀中，然后带我走进厨房，让我坐在她那张大木椅上。

"他们在哪儿？安全吗？"我求她告诉我真相。

她神情黯然地摇了摇头。"我们一无所知，孩子。"

虽然我因为长途跋涉而筋疲力尽，饥肠辘辘，可我却不肯吃东西。我在发抖。

"你最后一次见到他们是什么时候？"

"中午我让多米尼克去给他们送汤，"她说，"他很快就回来了，喋喋不休地说那地方火势凶猛，不见人影。他们一定已经逃走了。"

墨菲太太走到洗涤室门口，把多米尼克从马厩喊了进来。我努力理解她的话，好在脑海中描绘出当时的景象。我母亲怎么走的？爸爸和休吉当时在不在？抑或他们是后来回去的时候发现房子烧毁了，家里人都不见了？这种可能性不大，因为我到那里的时候太阳已经落山了——爸爸总是那个时候到家。那样的话，我一定会看见他的。

多米尼克出现了，身后跟着杰勒德。他们表情沉重。

"你知道些什么？"我恳求他。

"榆树环路附近还有另外两家也着火了。"多米尼克轻声回答。

"是地主干的。"杰勒德补充道。

"可我们没有拖欠房租！"我哭着说。

多米尼克和杰勒德跟我坐在一起的时候，墨菲太太为我热了碗汤。我被突如其来的打击吓蒙了。我喝了口汤，接着一下子站了起来。"我最好现在就走。"我说。

"去哪儿？"她问。

"我不知道，可我得去找他们。"

"今晚就留在这里吧。等天亮了，我们会把事情弄明白的。"

我实在疲惫不堪，于是接受了她的提议。

因为墨菲太太不让我一个人回家，于是今天早上的第一件事，便是在多米尼克的陪伴下，回到化为灰烬的家园。我在那里驻足良久，凝视着这片废墟，脑海中突然冒出一个可怕的念头：要是我的家人没来得及逃跑呢？可显然事实并非如此，我为此感谢上帝。

半数爱尔兰人都无家可归，忍饥挨饿，缠绵病榻——最近这几天我已亲眼看见了这一切，但凡上帝庇佑，我们都应心存感激，可我却为自己难过。我究竟该如何活下去？帕特逃亡在外，玛丽深陷牢笼，妈妈病了，所有的家人都消失无踪。我如何才能跟他们重新取得联系？眼前的情势令人崩溃。我低头哭了起来。

1846年7月22日

今天我步行去了榆树环路，找到了其他被焚毁的房子。那里没有了任何生活的痕迹。接着，我又走去父母的朋友和邻居威廉的家。一年前我们还在院子里跳舞唱歌，而他则拉着小提琴。他的妻子玛琳，正怀着头胎，上帝保佑他们。

"他们被收租人赶走了。你爸爸派休吉来找我们，给你和帕特留下口信。"威廉告诉我。

"因为担心你妈妈的身体和食物价格上涨，他好像已经偷偷攒了点钱。显然，他曾去拜访过收租人，求他可怜可怜他们，给他们些时间，却被严词拒绝了。"

据威廉所说，我们短缺的田租金额并不大，不像其他人家一整年都没付钱。可是我们依然被指控"拖欠租金"，我们可怜的几亩薄田被夺去了，接着房屋也被付诸一炬。

"黎明时分，一支部队，连同收租人一起很快就到了你家。他们告诉你的家人，任何想要保留的财产都可以带走，但要在一个小时之内把房子腾空，中午之前离开博尔顿庄园，再也不要回来。如果有邻居敢收容被驱逐的人家，就会有一样的下场。"

"可他们现在在哪儿？"

"去海边了。"

"我妈妈怎么走得动？"我痛哭流涕。

"不止你们一户人家。几千户流离失所的家庭都一样，寄希望于能在海藻间发现可下肚的食物，说不定还能捕到一条鱼。很多人梦想能买到通行证去美国或加拿大。美国人似乎已经听说了我们的惨状，正在组建社会团体为我们提供支持。他们欢迎爱尔兰家庭来到这些新的土地。"

"他们有没有说是哪一处海岸？"

"没有，可一定是都柏林。那里有登上移民船只的希望。"

我静静坐在邻居温暖的小屋里，试图想象我的家人正在某处颠沛流离。要是他们找到了船，他们会去哪个国家呢？我一直都想去美国。一片伟大的大陆，宽广无垠，充满了机会。我曾多少次向妈妈描绘这个梦想啊。要是他们足够幸运，能够离开爱尔兰，他们一定会选择美国。可我此生该如何才能找到他们呢?

我谢过威廉和玛琳,折回庄园,把这些消息告诉了墨菲太太和杰勒德。接着,我叙述了自己在马利纳洪和蒂珀雷里监狱的所见所闻。杰勒德说如果帕特和他的伙伴被捕的话,他们很有可能被关在都柏林边境利菲河边的克曼汉姆监狱。

墨菲太太又一次收留了我,让我睡在她的房间里,我已经在那里住了两个晚上。可我告诉她明天我就要离开这里了,谢谢她对我的莫大帮助,今晚我想跟笨笨一起过夜。我可以用胳膊搂着它,无拘无束地哭泣,不会打扰任何人。无论如何,她已经帮了我那么多,万一博尔顿勋爵突然回来,发现我住在他的屋檐底下就糟了,我不想害墨菲太太丢了工作。

现在已经入夜了,我蜷缩在谷仓里,跟笨笨待在一起。明天,我要出发去都柏林寻找我的家人,要是一无所获,我就去找爱德华,不然我还能去投奔谁呢?墨菲太太答应留心关于我父母的消息。(爱林庄园的每个人都那么善良。)因为她答应不向爱德华的父亲透露一个字,我把《民族报》的地址给了她。

(真奇怪。我千方百计要寻找家人,而爱德华则一心要逃离他的父亲!)笨笨会留在这里。它在这片土地上有自己的安身之处,步行前往都柏林将是一段艰难的旅程。有一天,当生活对我们表示出善意时,我会回到它的身边。唉,那一天不知何时才会到来。

1846年7月23日

亲爱的爱德华:

自从上次给你写信以后,我的生活发生了翻天覆地的变化,我实在不知该从何说起。长话短说,我今天早上离开爱林庄园出发去都柏林。我的家人或许就在那个城市里的某个地方,而我必须尽一切努力找到他们。当我抵达的时候——我不知道这段旅程将耗时多久——你会像朋友一样欢迎我,在我同他们团聚以前为我找到落脚的地方吗?

你的菲利

墨菲太太保证会把我的信寄出。

1846年7月24日

我今天跟一户同样徒步去都柏林的人家聊了聊。他们一心要为自己买一张去美国纽约的通行证。这家人姓肯尼迪,跟我的家人一样,都是农民。我们在阿比莱克斯过了夜。

辉格党在约翰·罗素勋爵的领导下已经大权在握。

1846年7月26日

今天是妈妈的生日。我不允许自己细想。

肯尼迪一家也遭到了驱逐,并被警告永远不许回他们的家园。他们家的一个儿子——利亚姆——告诉我一张通行证大概是3.5英镑,儿童半价。对那些希望移民加拿大的人来说,价钱则更便宜:两英镑多一点。我们快到莱伊斯港了。要是我们没那么饿,身体再好点儿,说不定能走得更快些。

1846年7月27日

这趟旅行我一点儿都不觉得孤单，真是奇怪。来自爱尔兰各地的人们聚集在一起，寻求逃离的办法。我去马利纳洪时还是旁观者，观察着饥荒所造成的影响，而现在我则变成了这场群众运动的一分子。这真是一场大迁徙。我聆听陌生人的故事，得知他们被赶出家园的原因。我觉得我同他们心连着心，因为我们的故事几乎如出一辙。"地主暴政"，他们给它取了个名字，而事实也的确如此。最恶的坏蛋似乎就是那些躲在幕后的家伙，博尔顿勋爵和他的同类。好像他们中的一大部分人都从未踏足过爱尔兰！我在想，不知道英国人是否会回想起这些日子，羞愧地低下头？

1846年7月28日

莱伊斯港周围，沿路的田野中，土豆秧又一次进入了茂盛期！白色的花朵犹如雪花般在微风中摇曳。

多么美好而平和的景象！不久，饥荒就会过去，每一座村庄将重新充满欢声笑语。对那些没有失去家园，未曾逃离祖国或死于饥荒和疾病的人来说，苦难的时光很快就要结束了。创伤需要时间才能慢慢愈合，但人们会重燃希望，重建家园。一旦有了食物，妈妈就会好起来，我也会跟家人团聚。

我交了两个新朋友，都是我的同龄人。彼得·麦克格威尔和托马斯·狄龙。路上有很多年轻人：像我一样的饥荒孤儿。大家搭伴一起走让我暂时忘记了过往，远离孤单。他俩都把目标投向了美国东海岸——纽约或是巴尔的摩。"要是去加拿大，票更便宜，怎么不去那儿呢？"我问。托马斯解释说很多加拿大人不会说英语，只会说法语，最要紧的是，那里是被英国所统治，而美国则是一个自由的国家。我以前从未考虑过这些。

看到这些健康的庄稼，有相当一部分人正打道回府，打赌他们会被允许重建家园。尽管在长时间的跋涉以后我的脚开始流血了，我还是打算继续往北去首都。

1846年7月29日

我和另一个旅伴迈克尔·奥格雷迪聊了聊。他是一户穷苦的农民家庭中最小的孩子。他们打发他去美国赚钱,这样他好把钱寄回去,为所有的家人买通行证。他告诉我财政大臣已经下令,所有公共工程都要在8月8日前停工。"可是人们会拿到报酬吗?"我问。他不知道。这让我想起了爸爸和休吉,我的眼睛被泪水刺痛了。我为家人的生计忧心忡忡。我泪眼模糊,看不清周遭的景象。我觉得自己仿佛已在一个夏季中度过了七世轮回。帕特说得对。我原想用来向爱德华传达爱意的这本小书,我的日记本,述说的一定是另一个故事。

1846年7月31日

今天早上我经过了基尔代尔。我必须停留一天,好让我的脚休息一下。我的双足都裂开了,上头凝固着尘土和鲜血。彼得和托马斯要陪我，可我拒绝了。我们都饿坏了。我不想将别人的生命——或者死亡——背负在自己的身上。可是我依然遗憾地跟他们告别了。

1846年8月2日

到纳斯了。我拖着沉重的脚步亦步亦趋。唯有找到家人、重见爱德华的信念给我力量继续前进。

1846年8月4日

不！不！不！全国各地的土豆都干瘪发黑。一片黑暗。我辗转各地，眼前充斥着死亡和腐烂。不到一周的时间，希望变成了绝望。我看着农民们用赤裸的双手愤怒地挖掘，将土豆连根拔起。毫无疑问，现在饥荒已遍及整个爱尔兰。究竟如何才能拯救可怜的人民？大自然怎能如此残酷无情地让敬畏上帝的子民经受又一年的灾荒？

我已经跟我所爱的人分离很久很久了。

1846年8月5日

都柏林！我到了。我第一次看见了大海！站在大地的边缘眺望一望无际的汪洋，这种感觉是前所未有的。它彻底改变了我的想法。身处这个繁忙的港口，离开这个多灾多难的岛屿并跨越重洋的想法似乎变得真切了许多。

突然，我想起了自己在爱林庄园时的一个中午，我正仰望天空，看着燕子飞过，就在那时玛丽过来找我。可怜的玛丽，不知道她现在在哪儿。她还等在监狱里吗？抑或登上了一艘驶往地球另一端的轮船？感谢上帝，无论时至今日我经历了何等的恐怖，毕竟还是自由之身。上帝啊，请你也对我的家人一视同仁吧，包括帕特。

此刻，我站在码头的鹅卵石路面上。这里景色壮观，灰石砌成的海关大楼巍峨宏伟。票贩们跑来跑去，售卖着去加拿大和美国的船票。要是我口袋里有两英镑，甚至更多的钱，我或许也会动心，可我对钱不够这件事并不感到遗憾，因为我还不能走。

船尾排成一列，背对着这座城市，足有半英里长。我急匆匆地在翘首以待的人们排成的长队中穿梭，可就是不见家人的踪影。他们会不会已经离开海岸了？是不是已经在大海上，驶往那片遥远而未知的土地？从这里穿越大海距离美国有三千英里的路程。

人们对各地爆发的游行和暴乱议论纷纷。大批忍饥挨饿的劳工为了谋求工作正向城镇进发。有一个地区的劳工因为原本的工程被取消而勃然大怒，他们拆毁了自己刚刚铺设好的一段公路。

1846年8月6日

我又见到了爱德华！昨天晚上，我在街上连续搜寻了几个小时，仔细察看着那些蜷缩在门廊或是躺在地上的面孔，徒劳地打听家人的下落，最后我终于放弃了，朝着迪奥列尔大街走去，走向《民族报》所租借的办公室，那是我唯一知道的与爱德华有关的地址。我来到一幢连大门都找不到的歪歪扭扭的建筑物前，登上狭窄的木头楼梯来到二楼，一股报纸和油墨的气味扑面而来，我的心怦怦直跳。透过关闭的房门，我依稀听见屋里传来热闹的说话声。我敲了敲门。要是爱德华已经不在这儿了呢？那样的话我唯一的指望也没有了。过了一会儿，一个衬衫袖子卷到胳膊肘、长相英俊却满脸倦容的家伙接待了我。"需要帮忙吗？"他咧嘴一笑，问道。

我报上爱德华的名字，正打算解释自己是他的朋友，来自皇后村的时候，有人大叫一声："菲利！"爱德华雀跃地穿过拥挤的房间来到我的面前。他一把将我抱了起来，抱着我连转了好几个圈，然后带我走进了办公室。"我一直在等你！"很快我便被介绍给了这里的老板加万·达菲，就是他给我开的门，还有一群友好的人，爱德华算是他们当中年龄最大的了。这地方局促而又混乱：每个角落都堆着报纸，桌上散落着笔记和草稿，除此以外，最最要紧的是一台印刷机。"这是我们革命的心脏，菲利。"爱德华看我正努力弄明白周遭的一切，眼睛睁得像茶碟一样大，于是在我的耳畔低语。

1846年8月7日

今早爱德华向我介绍了约翰·米切尔，一个来自阿尔斯特的长老会牧师的律师儿子。他的眼睛闪闪发亮，充满了魅力！"他是《民族报》最优秀最有才华的记者。他言辞激烈，对革命抱有必胜的信念。"爱德华说。

他们正在讨论与奥康奈尔分道扬镳的事。一个多星期前，在一次废止会议上，威廉·史密斯·奥布莱恩——紧接着是米格尔、米切尔和达菲——都站起来拂袖而去。

1846年8月8日

奇迹发生了！简直千载难逢！今晚爱德华带我去了伯格码头，去了调停大厅，那里是废止运动的总部，离迪奥列尔大街不远。这地方挤满了人。奥康奈尔先发表了演讲,接着说话的是爱德华的英雄,托马斯·米格尔。爱德华说得对——他光彩夺目,英俊潇洒!

我的个子不够高,兴奋的人群把我挤得动弹不得。为了不错过眼前发生的一切,我不得不踮起脚尖。丹尼尔·奥康奈尔站起来说话了。为了表达敬意,人们安静了下来。他洪亮的声音笼罩了这间烟雾弥漫的屋子。他谈到了废止法令,却坚持只有通过和平的方式才能有所突破。这时候,一些人不耐烦起来,开始向他起哄:"你的办法过时了!"他们大吼大叫。年过七十的奥康奈尔激动了起来,同人们针锋相对。人群骚动了起来。

我随着人群转身,亲眼看见眼前的情景,急切地想要将它铭刻于脑海之中。当我充满喜悦地啧啧称奇时,听到从大厅后方传来一个声音:"你正在失去本国人民对你的支持,奥康奈尔。我们要跟青年爱尔兰一起前进!"那一刹那,我几乎晕厥,可是这地方太挤了,没有空间让我跌倒。我激动地循着他的声音看去,目光落在了说话人的身上。他就在那儿,居高临下地站在廊台前,手臂高举过头,好像一个高昂的斗士。

"帕特！帕特！"我大喊。泪水顺着我滚烫的双颊流下。我的声音被上百个为爱尔兰和我们的未来而高呼的声音淹没了。我高举手臂，疯狂地挥舞，可帕特却没有注意到我的存在。接着我周围的呐喊声越发震耳欲聋起来，托马斯·米格尔站了起来，可我对这场政治活动已经不感兴趣了。因为我的眼里和心里只有一个人。我亲爱的哥哥正活生生地站在人群的上方。

"帕特！"我尖叫，接着因为高温和激动的情绪不省人事。

这一晕竟然帮了我大忙，因为它分散了拥挤的人群。爱德华急忙跑来，想让我恢复清醒——他直到这个时候才发现我早就不在他身边了——而帕特却被底下的骚乱吸引了注意力。当我醒过来的时候，我的金发哥哥正从廊台一下跳到地上，跪在我的身边。

1846年8月9日

帕特和我度过了美好的一天，我们谈天说地，交流各种消息。他没进监狱，真是个奇迹。他因叛国罪而遭到通缉的事把我吓坏了,可是他向我保证说他在这个城市很安全。他对那些缠着我们家不放的麻烦一无所知。

"我希望他们已经登上了驶往新大陆的轮船,菲利,"他说,"现在他们已经无家可归了,可我们这些留下来的人必须为了爱尔兰的自由而战。"

"爱尔兰在闹饥荒,帕特。人们已经没有力气关心自由或者政治了。"我回答。我们坐在码头的岸边,晃荡着双腿,这让我想起我们在河边钓大鲑鱼的那些阳光灿烂的日子。帕特的革命已经不再是一场遥不可及的梦了。它存在于他的骨血之中,这个发现令我心惊胆战。尽管我已下定决心为爱尔兰而战,可当我看着哥哥的时候,却意识到自己并不渴望战争。我筋疲力尽,思念家人。不过,我还是很感谢上帝,让我同这世上最爱的两个年轻人重逢。今天晚上,爱德华加入了我们。他和帕特不停地聊天。共同的梦想和热情将他们联系在一起,没有比彼此更好的伙伴了。爱德华说我可以为《民族报》工作,薪水可以养活自己。

"帕特怎么办?"我问,可是帕特却摇了摇头。

"我可不会受雇于一份报纸,菲利。"

他一定看见了我脸上的表情,于是他哈哈大笑,承诺我们不会再一次失散。"我就待在附近。"说完他便消失在都柏林的夜色中,留下爱德华和我走回我们的住处。

我跟四个年轻姑娘住一个屋。有一个跟我一样效力于《民族报》。当我们在楼梯平台互道晚安的时候,爱德华拉住我,将我拥入怀中。"有你在真好,菲利。"为了不吵醒别人,他轻声说。他的话让我心中一阵狂喜,可是他的拥抱却让我欲罢不能,因为它所表达的意味与我从他身上感受到的并不一样。他并没有像我思念他那般思念我,明白这一点让我心碎不已。当我缩在自己的角落里睡觉的时候我哭了。这是幸福的泪水,也是痛苦的眼泪。

1846年8月10日

我被分配到了一个好活。我现在要阅读所有的英语报纸和爱尔兰语报纸,留存那些我们报社感兴趣的文章，或者任何我认为有价值的故事。

1846年8月17日

市政工程项目又重新启动了，可是粮仓依然处于关闭状态。有报道称许多地区发生了严重的暴乱。港口周围，帮派组织登上轮船偷那些准备出口的食物。我一点都不感到惊讶。人们会想尽一切办法让自己和家人活命。政府说地主应该负起责任来。可是一些地主破产了，剩下的有几个愿意帮助我们呢？当然了，某些拥有土地的家庭，例如威廉·史密斯·奥布莱恩家，正在购买庄稼供给他们的佃户，只有他们是例外，而其他的地主要么把那些拖欠田租的人家扫地出门，要么就是向他们下达最后的期限。

爱德华给墨菲太太写了封信，命令她——无论他父亲如何反对——动用庄园里所有的蔬菜和物资，让雇工和佃户们有口饭吃。在给身在伦敦的父亲的信中他写道："我恳求您可怜可怜他们，将所有拖欠您的租金一笔勾销，并且要求您的承租人，即二地主，也照此办理。在人们找到活路之前不再问他们收一分钱。"那个烧了我们的小屋、将我的家人赶出家园的二地主会大发善心吗?

1846年8月30日

许多工程项目的工地都开了酒馆,现在人们都把群众暴动和劳工无法无天归咎于喝醉了酒。我相信问题的根源并不是酒精,而是绝望、挫败和恶劣的工作环境。

1846年9月4日

爱德华和我从黎明工作到深夜,我连写日记的时间也没有。帕特又杳无音讯了,不知道他身在何处。

1846年9月24日

劳工们得到报酬的时候,一张纸币同时发给几个人的情况似乎越来越频繁了,因为没有足够的硬币单独分给每个人。他们可以选择去酒馆换钱,或是去最近的镇子。步行去镇子得耗用一个工作日的时间,而且长途跋涉对很多人来说也不是一件轻松的事情,于是剩下的选择就是酒馆了。不可避免的,人们沉溺于悲伤之中,一杯接着一杯,比起那些为了几个便士从早到晚挖掘的可怜人,酒馆老板才是最大的赢家。

1846年10月10日

天哪,今天好冷——冬天还没到呢。我沿着利菲河走路去上班。大多数早晨,我都会遇见一大群灾民。他们从沿海地区拥入城市,乞讨食物,寻求工作。都柏林外,数以千计的人正徘徊在生死边缘。

1846年10月22日

今天约翰·米切尔告诉我们,全国各地尸横遍野。我一想到死亡来得那么突然，而且无声无息，便心惊胆战。救济院门前挤满了人，尖叫着要吃的。我没有一日不凝视那些千篇一律的陌生面孔，思念我的家人。

1846年11月3日

我在昨天印刷的《科克观察员》上剪下了这篇文章：

> 谈到英格兰的势力，她有海军，她有财富，她有资源——没错，还有那些进步的政治家——然而事实证明，她无法保护自己的孩子，让他们免遭因饥荒而丧命的厄运。或许爱尔兰人民确实不应该期望在帝国的大家庭中获得强烈的归属感；他们被当作异国人对待。可是当女王陛下在她的加冕仪式上发誓保卫她的臣民时，神圣的盟约中却并没有将爱尔兰摒除在外。现如今英格兰依然国富民强，可为何她的子民却会活活饿死？

1846年11月15日

现在有近三十万人在为市政工程项目工作，已经没有足够的人手可用于监管如此庞大的劳工群体。带着孩子、饥肠辘辘的女人也在被迫承担繁重的挖掘工作。我听说他们每天可以得到四便士，跟我在爱林庄园的工资一模一样，可我的任务却轻松得多。

蒂龙下雪了。我长这么大还是头一次听说。成千上万的人身患疾病，忍饥挨饿，无家可归，而现在他们还得抵抗恶劣的天气。我开始相信一种说法：这个岛屿遭到了诅咒！

1846年11月17日

死于市政工程的人越来越多。就连那些为了一便士出卖劳动力的孩子都死于寒冷，他们浑身都湿透了，忍饥挨饿。许多人都得了痢疾。真是悲惨至极。然而掌管伦敦国库的查尔斯·特里维廉却不同意开放储藏有印度玉米的粮仓。他宣称最好还是等大饥荒"真正的危急关头"到来的时候!这个男人还有没有人性?抑或这样可以更快地将爱尔兰人赶尽杀绝,用经济策略发动战争?爱德华警告我,我的想法越来越激进,这会给我带来危险,可我自己却不觉得。我很愤怒,也很受挫。多亏蒂珀雷里的一个神父(不是我在马利纳洪遇到的那个奸诈的家伙),在市政工程工地喝酒的行为被宣布为非法。看来许多酒馆老板以前都是工程委员会的成员。

1846年11月20日

《民族报》正在刊登减少租金或停止收租的地主名单。爱德华和我一大早就开始忙着编制名单。他脸色苍白,人也消瘦了,却不懈地工作。有时候,当我注视着他,我怀疑他是否因他父亲的冷漠而感到的羞耻在驱使着他。自从我来到都柏林,我们变得越来越亲密。我不再是洗碗女佣,他也不再是地主的儿子。我们为了同一个目标而努力——可我内心多么希望我们的关系能有进一步的发展!

1846年12月2日

一大群人——一共有五千个——袭击了凯瑞郡利斯托韦尔的济贫院,大叫着:"要么给面包,要么就流血。"毫无疑问,结果一定是流血。我们听说查尔斯·特里维廉之所以不打开粮仓,是因为里面根本没有玉米,而且春天来临以前这里都不会有新鲜的物资。上帝帮帮爱尔兰吧。

一个打扮得体的黑发女士——或许是在爱德华第一次给我的信中曾出现过的那几位优雅的美女之一——今晚拜访了《民族报》。我当时正缩在角落里,盘腿坐在地上,从昨天的《伦敦时报》剪下文章,这时我抬头看见了她。加万·达菲从书桌前站起来迎接她。他们像老朋友一样彼此亲吻。接着她递给他几张卷起来的羊皮纸。是诗歌,我猜。加万没有把我介绍给她,不过鉴于我被埋在报纸堆下,他可能已经忘了我在屋子里。

"你会再留一会儿吗?"他问。

她轻佻地咧嘴一笑,却摇了摇头,说自己还有约会。加万点了点头,懒懒地搂着她的肩,护送她向门口走去。她走的时候留下一句话:

"代我问候那个英俊的爱德华·博尔顿。很遗憾没跟他见上面。"我差点割到自己的手指!

1846年12月14日

凛冽的寒风从俄罗斯呼啸而来,就连伦敦的泰晤士河都结冰了。出于绝望,农民们开始吃为春天播种而储备的燕麦和玉米种子。要是现在就把种子吃光,到时还怎么播种呢?爱尔兰没有自给自足供应粮食的能力,又会造成什么影响?毫无疑问,残酷的真相是在过去的两年里,在这个国家举步维艰之际,大量生产的庄稼都以爱尔兰人无法承受的价格出口国外。我从爱德华那里学习了市场经济学。现在他的文章经常刊登在《民族报》上,真是一件激动人心的事。他满腔的热情和献身精神激励着大家,然而也很危险。约翰·米切尔和托马斯·米格尔是他的良师益友。他们俩都鼓励他继续学习法律。

我极其思念我的家人。帕特又在哪儿呢？

1846年12月25日

因为工作太多，我们在办公室里度过假期。天气冷得厉害，可我们却很幸运，因为黑色的铁栅栏里燃着炉火。我通常都是第一个到办公室的，因此点火成了我的工作之一。其他那些满脑子都在思考大问题的人则对此表示感激。

今天下午透过窗户，我凝视着雪花。雪下得很大，雪花像秋叶一样大。成群的难民在雪地中艰难地跋涉，弯着腰抵御着旋风，漫无目的地向前行进。还有一些则倒在门廊里，睡在大桥下，像臭麻袋一样挤作一团。成千上万的人死于斑疹伤寒。再也没有人愿意费心计算死亡人数了。圣诞节对他们来说究竟意味着什么？野狗在街头流窜，寻找可以果腹的尸体。现在被市政工程雇佣的人员名单已经增加至四十万人了。

我哭了，想到不知妈妈怎么样了，还有爸爸和弟弟妹妹们呢？多糟糕的一年。亲爱的墨菲太太还在喂养笨笨。

帕特顺路过来祝我们节日快乐，可注意力却被那个紧跟着他来的黑发诗人吸引了。她叫布丽奇特。她似乎也被帕特的魅力吸引，再也没有对"那个英俊的爱德华·博尔顿"看上一眼。老帕特真棒！

我正努力说服爱德华找匹马带我去爱林庄园住几天。我渴望踏足那片曾是我家园的土地。爱德华告诉我，我必须面对未来，投入精力。没错，可我需要一个信念：有一天我们将重回故里。

1847年1月2日

爱德华今天收到了他父亲从伦敦寄来的信。

……我警告你，要是你继续写这些政治性的文章，你就是在拿自己的安全、自由和前途冒险。英国政府不会袖手旁观,允许诸如米格尔、米切尔和史密斯·奥布莱恩这些寻衅滋事的爱尔兰人用他们造反的言论和阴谋毒害殖民地人民的。英国人不会对他们的影响力视而不见,他们很快就会想办法以叛国罪将这些人囚禁起来。而你,爱德华,却面临着跟他们一起被审判的危险。如果你不立刻离开这群违法之徒,你会玷污博尔顿这个姓氏。最后,要是你不回英格兰,去剑桥大学完成学业,我就会切断你的经济来源,一个子儿也不会给你。

爱德华念给我听的时候,我起了一身鸡皮疙瘩,可他的回答却很冷静:"菲利,我父亲关心的是博尔顿这个姓氏。他对我或者爱尔兰根本毫不关心。好吧,那么,让他见鬼去吧!"

今晚当大家都离开《民族报》办公室以后,爱德华给他父亲写了封简短的回信,说自己对他要断绝父子关系的威胁根本就不在乎!"我自己还有点钱,菲利,等钱花完以后,我们就得像其他人一样好好工作。"我喜欢他用"我们"这个词。

就在我们要走的时候帕特来了。于是我们沿着利菲河结伴而行，我走在他们中间。帕特告诉我，我出落得多么亭亭玉立。"我说得不对吗，爱德华？难道我的小妹妹没有长成一个大美女吗？"我让他别再取笑我了，可是爱德华却搂着我的肩膀，在我耳畔低语："是的，你美得惊人。"我面红耳赤！

过了一会儿，帕特走了，我们也回到了住处，黑暗中我们站在楼梯平台上。爱德华将我拥入怀中，紧紧地抱着我。我依偎着他的身体，渴望轻声诉说我有多么爱他，可是把脑袋贴着他的胸膛、聆听着他的心跳已经让我心满意足，他接下来在我耳畔说的话我将永生难忘。

"你知道，菲利，当我们完成了任务，爱尔兰获得自由的时候，我想重新开始学业。除非我那卑鄙的父亲茅塞顿开，否则，我将失去对爱林庄园的继承权，而你在皇后村也已经没有家了。虽然我还有些钱，可我们已经没有退路了。你和我，我们是无根的灵魂，所以我们得创建新的梦想。想想自己要什么，菲利，因为革命结束以后我们将拥有一个崭新的未来。"

我对他话中的含义不敢抱有奢望，可我的心情不自禁地雀跃了起来。

1847年1月4日

特里维廉终于下令开放印度玉米粮仓，可是坚持玉米的售价要在市场价基础上增加百分之五！就连他最忠诚的部下都警告他这么做实在太惨无人道了。无论价格多少，爱尔兰都没有能力购买食物。他的回答则是：

> 要是爱尔兰人有办法获得免费的政府资助，那我们就得建立一个举世无双的乞讨制度了。

我看见了"乞讨"这个词。它的意思是：行乞，或者依赖于施舍。

下面是我打算写给特里维廉的话：

爱尔兰因为连续两年的土豆疫病而饥荒遍野，这是由我们无法掌控的环境因素造成的，而您，特里维廉先生，却担心向疾病缠身、奄奄一息的人民施予善意会把我们变成乞丐！过去数百年来，我们的土地被没收，而我们正是这种制度的受害者。它允许爱尔兰人的土地出租，被瓜分后再租出去，接着被分割成更小的部分后继续出租，价格也随着水涨船高。二地主成了赢家，可那些在土地上辛勤耕耘的人却只能勉强维持生计。他们仅有的土地只能用来种植土豆，而当灾难来临时，他们却只能接受被驱逐的命运。鉴于此，特里维廉先生，您因害怕把我们变成乞丐而下令以高于市场价百分之五的价格售卖粮仓里的玉米！敢问您的良心何在？

二十多个月以来，这是我第一次在这陌生的白纸上书写。我少不更事，只有十四岁。我还没满十六岁。在疾病和颠沛流离中，我几乎失去了所有的家人。我现在住在一个以前从未到访过的城市里，同那些与爱尔兰的自由同呼吸共命运的朋友生活在一起，同时也开始意识到自己发生了一些根本性的转变。

单单依靠祈祷并不能结束这段可怕的时光。等我回到皇后村，一切都将物是人非。上百万人的生活，包括我的家庭，都已经遭到了伤害或是被彻底摧毁了。我可以选择面对现实，也可以继续希望一切从未发生。可我即便将这些书页统统撕碎，也无法让时光倒流。我也不能闭上眼睛或蒙蔽自己的心灵，对眼前的一切视而不见。我站在命运的十字路口，而我的旅程才刚刚开始。

尾声

1848年9月19日

任何拿起这本早已泪迹斑斑、封面卷折的本子翻开阅读的人，都会问自己一个问题：发生了什么事？两年来写日记的频率都很有规律，接着却出现了超过一年半的空白，这当中一个字都没有写。为什么？

让我从现在开始说起，再一一回溯过往吧。我现在平安登上了"和谐号"，正驶向位于美国东海岸的波士顿。我对爱尔兰最后的印象是昨天下午，我站在拥挤的甲板上，泪水顺着被海风吹拂的脸颊滚落，向着沃特福德码头和我哥哥帕特挥手道别。其实帕特并没有出现，因为五个星期前我们把他藏在了蒂珀雷里的山里。

今年夏天的短短几个星期里，为了对逼迫英国向爱尔兰人民归还国家主权做最后一次绝望的尝试，青年爱尔兰和其他支持者聚集了起来，在南部蒂珀雷里、基尔肯尼和沃特福德这片三角形的区域内集中活动。

英国人紧张了起来，派出军队和战船。许多农民都愿意为祖国而抗争，可他们却手无寸铁。一些人有矛，少数人提着步枪，另外一些人则拿着石头或干草叉，可这样怎么能对付一支正规的军队？空气潮湿，我们虽然群情激动，却全都不是什么嗜好战争的人，而英国人则下定决心要阻止我们的行动。

即便如此，接下来的日子依然激动人心、不同寻常而又令人难忘——虽然最后我们失败了。

我们睡在斯利弗那蒙山的星空之下。关于七月最后一周我印象最为深刻的就是那照亮夜空的信号灯了。一天晚上，托马斯·马尔为了指明自己的方位，点燃了一盏信号灯，一瞬间，漫山遍野，大家纷纷开始发出微光或者点燃火焰。实在太令人兴奋了。

爱德华和我从未离开彼此。希望他有朝一日会爱上我的这个梦想在夏季的群山中绽放开来。我在蒂珀雷里金色的月光下尝到了美好的初吻。有时候我们会跟帕特见面，可他更喜欢不断前行。革命对他来说就是决一死战。一切都处于危急关头。我哥哥是个勇敢的年轻人。我以前觉得他是个擅长浪漫主义的梦想家，可我现在更加了解他了。他的心中满是为祖国赢得自由的一腔热情。

可我们的革命却已经一败涂地了。托马斯·米格尔被逮捕，现在正跟威廉·史密斯·奥布莱恩一起被关在监狱里。他们俩被控告严重的叛国罪，正在候审。约翰·米切尔已经遭到了流放——今年早些时候他被判叛逆罪。他所乘坐的驶向百慕大群岛的轮船或许已经抵达了目的地。被屡次逮捕的加万·达菲目前正设法避免被定罪。只要他自由一日,就打算刊印《民族报》一天。

跟帕特说再见是我有生以来所做过的最艰难的事情。

"好好照顾她,爱德华,不然你就不是我的好兄弟了。"一个温暖的晴朗早晨,当我们离开蒂珀雷里时他轻声说道。

"有我在。"爱德华的回答很简单,可我知道要离开帕特,他的心跟我一样难受。

帕特用力拥抱了我,然后是爱德华,接着我踏上了旅途,不曾回头。我的眼泪夺眶而出。

我们向沿海小镇和沃特福德繁忙的港口走去。我们快马加鞭,实在累得走不动的时候才停下休息,花了足足六天的时间才抵达目的地。一到海边,我们便径直去了码头寻找开往美国的轮船。不到一个星期我们便得到了通行证,登上了这艘华丽的三桅帆船——"和谐号"。

即便花钱,镇子上也找不到吃的。我从一个浑身污泥、骨瘦如柴、向我乞讨四分之一便士的陌生人那里得知,施舍处每天会分发口粮。正是在领餐的队伍中我发现了我的小妹妹,格雷丝。起初,我还以为是我过于伤心,出现了幻觉,因为她的变化实在太大了。她现在已经不是个孩子了,已经十三岁了——我差不多就是在这个年龄开始这场坎坷的旅程的。

"格雷丝!"我大喊。

我们紧紧相拥,因为震惊而浑身颤抖,不敢相信眼前的一切,泪眼模糊地感受着彼此的存在。接着沿着鹅卵石巷子她把我们领到码头边,两年半以来,我第一次见到了父亲。休吉和米奇在他的脚边,像狗一样在面向大海的墙边挤作一团。他们正轮流去施舍处,为爸爸带回任何能乞讨到或是搜寻到的食物。因为爸爸已经虚弱得无法行走了,看起来就像一具骷髅。

亲爱的妈妈死在了路上,就在我们的小屋被夷为平地后不到一个月的时候。爸爸伤心欲绝,几个月都不肯离开那地方。冬天到来的时候,他们住进了那条沟渠。接着,慢慢地,格雷丝用她那生气勃勃的幽默和勇气,鼓励全家往南迁徙,希望能找到一条轮船,可他们没钱买通行证,当然,也找不到工作。他们留在了沃特福德,住在船坞的岩石间。

尽管爱德华的钱已所剩无几,但他还是为我们大家买了通行证。当爸爸因为通行证和对我的照顾感谢他的时候,巨大的幸福让我连呼吸都变得困难起来。爱德华回答:"我希望一直能有机会照顾菲利,先生。"

等我们安全地抵达新大陆以后,我要把我的船票粘在这本日记本里。上面是这么写的:

> 特此承诺旅客菲利斯·麦考马克将得到一个统舱位置,连带不少于十立方英尺的面积放置行李,总费用为四英镑,其中包括目的地的人头税和其他各种费用。根据法律规定,船上将按人头供给水和粮食,以及用于烹饪的火和合适的灶台。旅客须自备床铺和餐具。

我们每人每天可以得到六品脱的水——用来清洗、饮用和煮饭。能在寒冬来临前启程实在是件幸运的事。因为,当我们驶向新世界和新生活的时候,霍乱又一次袭击了土豆秧——已经连续第四年了。爱尔兰越来越不堪一击,混乱无序。死亡、流放或者移民造成人口减少了四分之三,我们的绿宝石岛变成了一个令人悲伤和绝望的地方。

1848年9月20日

今天早晨天空晴朗,阳光灿烂,我和格雷丝、爱德华一起在甲板上散步。尽管海风习习,气候依然温暖宜人。

"我们还要在海上走多久?"格雷丝问我。

"八个星期。"

"哦,菲利,那就是说我们能在美国过圣诞节了!"她欢呼。

"我希望是。"说着我凝望大海。它让我感觉无比轻松。

突然,我们看见有灰色而又滑溜溜的动物在轮船附近的海面上嬉戏,又潜入水下。"瞧!瞧!那是什么?"

当爱德华告诉我们那是海豹的时候,格雷丝跳起来直拍手。她的脸上洋溢着幸福。当她发现我们盯着她看时哈哈大笑,又悄声问我等我们抵达美国后,爱德华和我是不是打算结婚。"他那么爱你,"她说,"那么优秀。看看他为我们大家做了什么。"

"窃窃私语可没有礼貌,小姐。"我责备道,却不禁微笑。

"要是你不告诉我,我就自己去问他。"

"或许有一天吧。"我大笑着紧紧将她拥入怀中,依然不敢相信自己竟奇迹般地与家人团聚这个事实。帕特是我的伤心事。要是他跟我们在一起该多好,可是他选择留下来继续战斗,而我必须尊重他的决定,尽管没有人知道他会有何种遭遇。

除了他,我还想到了妈妈、艾琳和青年爱尔兰,还有许许多多在这场可怕的历史事件中不曾出现在我的日记本中的人——死去的、遭到流放或等待审讯的勇士们。他们每个人都梦想着爱尔兰能够获得自由和统一,他们每个人都为此而献出自己的一生。上帝保佑他们。我祈求和平。

想知道更多

历史背景

1841年的人口调查显示，当时爱尔兰有超过八百万人口。半数爱尔兰人以种植土豆为生。有一些农民有能力种植少量其他种类的庄稼用来售卖。土豆之所以受到人们青睐，是因为一英亩庄稼就可以供应一家人一整年的口粮，并且有足够的"种子土豆"留到来年播种。绝大多数小农户的主要食物就是土豆，很少有其他东西吃。售卖其他庄稼或者家禽的收益得用来向地主支付租金。土豆的收获期在九十月份，而且可以保存大约十个月。六月、七月和八月，去年的土豆吃完的这段日子，称为"膳食月"，也就是忍饥挨饿的几个月，人们得想方设法从其他途径赚钱来购买别的食物。

1845年，一种名为土豆疫病的真菌病害侵袭了爱尔兰的土豆秧，将总量的三分之一摧毁。接下来的一年中，几乎所有种在田里的土豆都死于这种疫病。1847年灾害造成的影响有所缓解，可是许多人被迫用种子土豆果腹，于是庄稼变得极为稀少，而1848年疫病又一次几乎将全国的庄稼尽数毁灭。在接下来的两年时间中，疫情稍有好转，直到1851年，最为严重的灾害降临，爱尔兰人民试图重建他们支离破碎的生活。

那些几乎依靠土豆过活的农民遭遇了最严重的困境。土豆秧歉收的几年时间里，有一百万人丧命，另外一百五十万人为了逃避饥荒远走他乡。少数人因偷窃或暴乱等罪行被流放至澳大利亚或范迪门地区（后来被称为塔斯马尼亚岛）。

许多人死于饥荒，可是大多数人却死于斑疹伤寒、痢疾和霍乱之类的疾病。许多家庭遭遇灭门之灾，爱尔兰西部和西南部情况最为严重。

爱尔兰的许多农田都属于那些生活在英格兰、鲜少查看自己产业的地主。许多地主尽管远离饥荒，却面临着经济损失，因为很少有人能支付租金。一些地主直接将佃户赶出家园，把土地租给有能力支付租金的人，以此解决问题。被驱逐的家庭流离失所。1849年超过一万三千户家庭被扫地出门，1850年则达到一万四千五百户。

英国政府提出一些措施来帮助遭遇饥荒的爱尔兰人民。1846年，罗伯特·皮尔首相从美国进口玉米，在爱尔兰政府粮仓公开售卖。在这个国家的一些地区，玉米是唯一的食物来源，人们向食品店发动攻击，因为他们实在太饿了。市政工程建立了起来，雇佣男人们建造那些可有可无的道路，这样他们就能赚到钱养家糊口了。男人们早已经被饥饿折磨得虚弱不堪，常常不得不经历长途跋涉才能到达工地，而且有时候报酬还会被严重拖欠，即便能拿到手，薪水也很微薄。

1847年的流动厨房行动在爱尔兰各地建立了施舍处，直接向人们提供口粮。一年有超过三百万人通过这种方式得到了急需的食物。爱尔兰和英格兰的私人慈善机构也以最大的努力帮助饥肠辘辘的爱尔兰人民。尽管所有这些措施在一定程度上有所助益，但是面对饥荒的严重影响，实在收效甚微，且为时已晚。

爱尔兰大饥荒将人们的注意力集中在对《联合法案》的废止上。这项法案于1800年通过——违背了绝大多数爱尔兰人的意愿——英国政府将爱尔兰和英格兰、苏格兰统一，使之成为联合王国的一部分。1800年后，爱尔兰再没有自己的政府，而是被位于威斯敏斯特的英国议会统治。这场饥荒便是英格兰政府对爱尔兰的利益不屑一顾的强大佐证。

丹尼尔·奥康奈尔（1755—1847）是爱尔兰大饥荒之初的一位民族英雄。他是议会成员，曾为天主教徒的平等权益而抗争，引发了1829年天主教解放运动。

为了反对爱尔兰同英国合并，奥康奈尔于1840年成立了废止协会，并且举行了规模巨大的会议（即"巨人会议"），他在会上抨击《联合法案》，提出爱尔兰的问题只应该由爱尔兰政府解决。1842年，一份名为《民族报》的报纸由奥康奈尔政见的支持者们创立。在极短的时间内，它便家喻户晓。这份报纸刊登爱尔兰历史和文化的文章，为组建一个自治的爱尔兰而活动。报纸的创办人加万·达菲、约翰·米切尔和托马斯·米格尔因青年爱尔兰组织而闻名。

丹尼尔·奥康奈尔死于1847年，那是饥荒最为严重的时期。已经放弃废止协会的青年爱尔兰成员们建立了爱尔兰联盟，继续为废止《联合法案》而努力。

1848年，另一位爱尔兰英雄，联盟的领导人之一，威廉·史密斯·奥布莱恩，试图联合托马斯·米格尔及其他青年爱尔兰成员在蒂珀雷里及其周边地区发动起义。上千个农民团结起来，跃跃欲试地要同他们的英雄一起战斗。不幸的是，这群志愿军完全没有准备，因饥饿而体力虚弱，而且手无寸铁。青年爱尔兰成员们最终被英国士兵逮捕，被控告犯有叛国罪，尔后被流放至范迪门地区。爱尔兰对英国统治的不满仍在继续。

许多"废止人士"在大饥荒中或结束后逃离了爱

尔兰，一起离开的还有许多为了逃难而移民的人——1845年至1855年间大约有两百万爱尔兰人移居海外，大多数人去了美国和加拿大。地主、慈善机构和赈灾委员会总会为贫困佃户的食物买单，因为这要比在济贫院待六个月的开销便宜得多。移民船只上的条件简直骇人听闻，在大西洋上的漫长航行中有上千人丧生。然而，设法在北美洲安家落户的爱尔兰人民依然对他们的祖国极为忠诚，许多人继续为爱尔兰的独立而抗争。

至十九世纪爱尔兰大事年表

爱尔兰的历史及其与英格兰的关系漫长而复杂。这张年表中包括 1845 年至 1849 年爱尔兰大饥荒开始之前的一些日子以及饥荒后的那几年。

1760 年 一个名为"白衣会"的秘密组织成为一股活跃的反抗势力。他们行侠仗义,主要目标是地主和收租人。主要在晚上行动。

1762 年 白衣会第一次动手。

1778 年和 1792 年 阻止天主教徒拥有、出租和继承土地的刑法被废止。

1793 年 爱尔兰历史上,天主教徒首次获得选举权。

1796 年—1798 年 爱尔兰联合会起义。秘密组织在各地涌现。

1798 年 爱尔兰联合会成员遭遇逮捕和杀害。维尼格山之战。

1800 年 《联合法案》将英国与爱尔兰统一为联

合王国。爱尔兰由英国政府管辖。例如"丝带会"之类的秘密组织——如今这些秘密组织已经越来越稀松平常了——在前半个世纪日益活跃——他们试图通过针对地主劫贫济富的行为保护穷人的利益。

1803年　罗伯特·埃米特领导了一场反抗英国统治的行动。行动被镇压，埃米特被施以绞刑。

1823年　丹尼尔·奥康奈尔创立天主教联合会。

1829年　天主教解放运动赋予爱尔兰天主教徒平等的权利，他们可以加入议会，奥康奈尔在议会占有一席之地。

1831年　国立学校创建。

1834年　从都柏林驶往金斯顿的第一条爱尔兰铁路建成。

1840年　奥康奈尔的废止联合会创立，目标是结束与英国的联盟。

1842年　《民族报》创办。

1843年　奥康奈尔的"巨头会议"在全国各地鼓吹废止的必要性。规模最大的一次会议在塔拉召开，二十五万人出席了会议。其后计划在克朗塔夫举行的会议被取缔。一周后奥康奈尔被起诉，被判处谋反罪而锒铛入狱。

1844年　针对奥康奈尔的判决被英国上议院推翻。奥康奈尔被释放。

1845年　大约三分之一的土豆被疫病摧毁——爱尔兰土豆饥荒——大饥荒开始——持续至1849年。

1847年　丹尼尔·奥康奈尔死于意大利。流动厨房运动为饥饿的人们提供食物。

1848年　威廉·史密斯·奥布莱恩领导青年爱尔兰起义——行动失败，史密斯·奥布莱恩和许多青年爱尔兰领导人遭到逮捕，被判以叛国罪后流放。

1858年　爱尔兰共和兄弟会（IRB）由詹姆斯·斯蒂芬创建。

1867年　IRB起义失败。

1870年　《土地法》向被驱逐的佃户们赋予了一些权力。许多人认为地方自治是爱尔兰获得自主权进程中的第一步。

1873年　支持爱尔兰对内部事务享有控制权的地方自治同盟由艾萨克·巴特创立。

大饥荒时期，罗伯特·皮尔先生担任英国首相

这幅画中，土豆被储藏在住宅的屋顶平台上。穷苦的家庭不得不与他们拥有的少数家禽共居一室

丹尼尔·奥康奈尔于1840年创立废止联合会，试图终止与英国的《联合法案》

饥荒时期的一幅画作，画中农民正看着枯萎的土豆秧

一户被驱逐的人家蜷缩在他们大门紧闭的小屋旁。地主们会焚毁他们的财物,甚至挖出地基,以防被驱逐的人家有任何可遮风挡雨之处

饥荒时期,报纸上刊登了许多诸如此类的图片。图为衣物被分发给穷人

想❋知❋道❋更❋多

驱逐佃户持续了许多年,如这张1887年报纸图片所显示的

想 知 道 更 多

一个被驱逐的佃户和他的家人

图片致谢

183页（上）：罗伯特·皮尔先生，波佩尔图库

183页（下）：刊载于《图像时代》的《帕特特·布伦南的小屋》，玛丽·埃文斯图片库

184页：丹尼尔·奥康奈尔，杰·路易斯作，玛丽·埃文斯图片库

185页：一个农民凝视着可怜的土豆秧，玛丽·埃文斯图片库

186页（上）：被驱逐的佃户们，弗雷德里克·古道尔作，玛丽·埃文斯图片库

186页（下）：在基尔拉什向穷人分发衣物，《伦敦新闻画报》，玛丽·埃文斯图片库

187页：被驱逐的佃户们在格伦雷被付之一炬的家，阿梅德·弗雷斯蒂发表于《伦敦新闻画报》，玛丽·埃文斯图片库

188页：被驱逐的农民和他的家人，玛丽·埃文斯图片库